贞毅先生陈陶遗诗文集

陈 颖 / 选编

上海科学技术文献出版社
Shanghai Scientific and Technological Literature Press

图书在版编目（CIP）数据

贞毅先生陈陶遗诗文集/陈颖选编．—上海：上海科学技术文献出版社，2015.8
　ISBN 978-7-5439-6629-1

　Ⅰ．①贞… Ⅱ．①陈… Ⅲ．①中国文学—现代文学—作品综合集　Ⅳ．①I216.1

中国版本图书馆 CIP 数据核字（2015）第 071290 号

责任编辑：于学松
封面设计：马　可

贞毅先生陈陶遗诗文集
陈　颖　选编
出版发行：上海科学技术文献出版社
地　　址：上海市长乐路 746 号
邮政编码：200040
经　　销：全国新华书店
印　　刷：常熟市人民印刷有限公司
开　　本：650×900　1/16
印　　张：15.75
字　　数：144 000
版　　次：2015 年 8 月第 1 版　2015 年 8 月第 1 次印刷
书　　号：ISBN 978-7-5439-6629-1
定　　价：58.00 元
http://www.sstlp.com

贞毅先生陈陶遗诗文集

后学周延鑫拜题

陈陶遗先生(1881—1946)

与黄炎培等合影(前排左三为黄炎培,后排左二为陈陶遗)

健行公学校友会合影(前排左二为陈陶遗,左三为柳亚子)

家在碧雲西小華初破春叢淺

天荄朱虇遠長笛誰教月下吹

蒙亭先生鑒家正字

乙亥夏初陳陶遺

陈陶遗手书对联

鸢飞戾天鱼游于渊究此也夫妇为鱼未尝不自
知吾独究所游为天之至以为之乎必坠而溺犹人之乞
犹手托耳瞪目视当空犹托於视之际瞳机自玉不污跪乃
里之心

　　　　　楠多先生 法家鉴正

　　　　　　　庚辰秋日陶遗

学究天人际江河，苏古沫新知渊统，绪遂学俊芳修薪，患火犹然五篇世，已秋迢迢三百载，荠采苾芑长留。

甲戌秋九月敬题
徐文定公三百年手纪念
乡后学 陈陶遗

《徐文定公三百年纪念册页》题辞

苏州小王山摩崖石刻陈陶遗题刻"藏深固密"

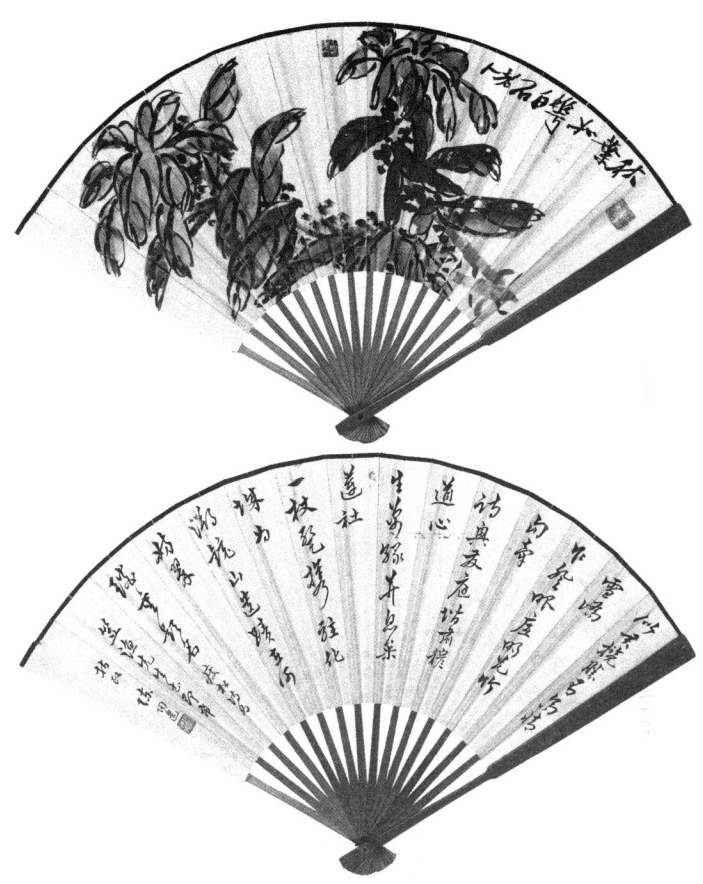

齐白石与陈陶遗合作扇面

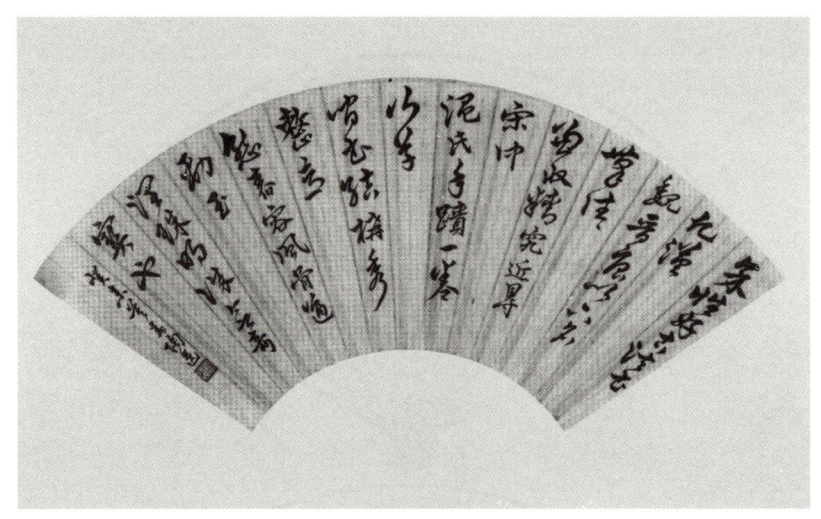

陈陶遗书法扇面

陈陶遗早年山水扇面

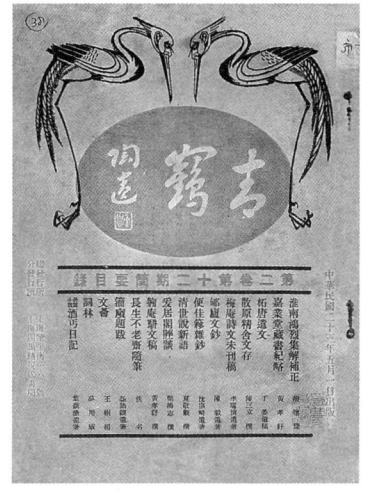 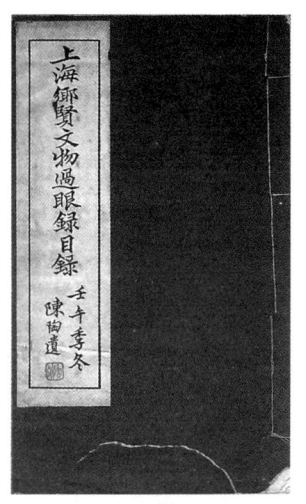

陈陶遗题签的《青鹤》杂志　　陈陶遗题签的《上海乡贤文物过眼录目录》

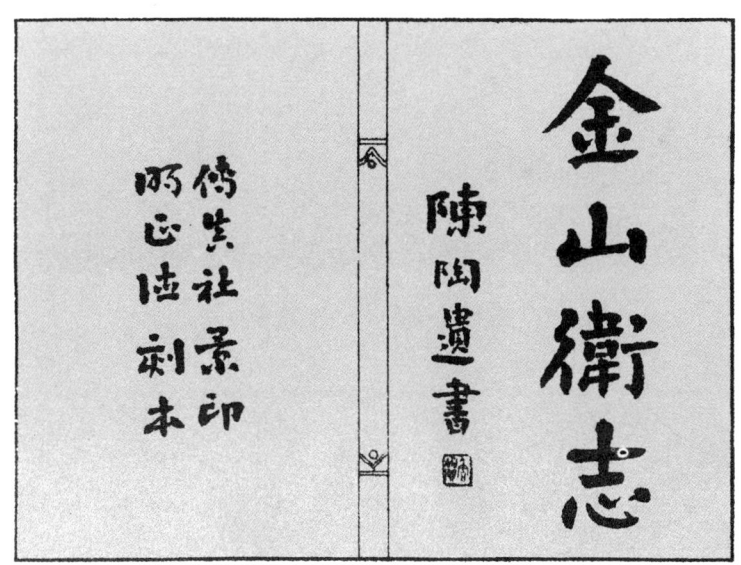

陈陶遗题签的《金山卫志》

陈陶遗书丹之孙传芳墓志

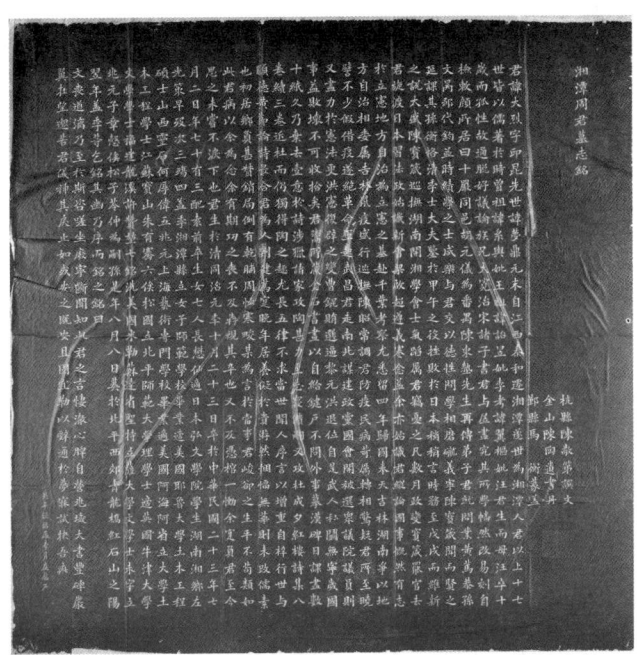

陈陶遗书丹之周大烈墓志及墓志盖

闹光凄凉兴亡事几多陈迹思当日云阳
一叟此廷祧睨川滇烽烟横塞远武昌旗
斾连天赤旺深宫风雨近黄昏孤儿泣
横一幅才笔传千载匡时策数声
堕峯英雄匹嘔血难将残局系搁忱共埽
皇灵最伤心攘攘到今分南北
拟荒边谶不可忽接七载於兹翼之幽足岑崟
题晓恃旌事懋为神伤答日藝暘盡戒罪戾
足所颂与当昒芳事诸公同加懺悔也己未冬 陶遗

陈陶遗题《秋夜草疏图》

竹君先生大鑒前自邗上還蘇
敬適
駕出不值悵惘无已比維
起居清勝爲祝哈埠豐產銀行此得交人
書忠已完全結束每股百元尚可收四三百卅餘元
是項報告未遲已未寄到滬上多股曲遺
區託哈交代領離滬時曾託蔣君盡頻代
達曾否已邀
台洩殊念詠行事遺未嘗与尚兩楊庸坐
經手多事中拖歉之一端卑冒昧自任欲代
宛受了此一重公案耳專此卽候
道履 陶遺頓首
一月六號卽己未十二月陰曆也

少川先生台鑒敬啟者上海會審公廨聞領團
方面有自動交還之意亟宜乘此時機先行商
定收回辦法以結懸案而慰民望茲派本署秘
書龐樹森代表赴滬仍囑其趨謁
左右就商一切龐君辦理司法外交歷有年所
於收回會審公廨一案先後情形均所詳悉務乞

賜予接洽
指示周行昌勝感紉之至專此祇頌
台安
　　　　　陳陶遺敬
　　　　　　　　三月二十日

陈陶遗致唐绍仪手札

汪东、黄侃为陈陶遗作《松隐图》扇面

清明过松隐吊陈○○先生

白蕉

长恨年来叹式微 静听盘错颇多违
破空一塔乌鸦晚 松隐先生去不归
古木仁情小院深 谈经人去闲玄音
洞枫拄杖看云黑 赜觉江湖万里心

白蕉题《清明过松隐，吊陈陶遗先生》

還里過滬追弔陶遺先生

仁者亦智者窮理聞前修　智者亦仁者身先天下憂天下不世出

孤抱無與儔寄心實方外廬世乃爾周墨有不然笑孔有不隙席杜

陵詩之聖奈走皮骨問于胡栖　畢生勘安宅晚年逾靜定與世

邈相陽贊　此物懷井作中腸藝柳下不辭阜姬公不自高抱闕固可

作吐哺寧謂勞江干駐車馬荒徑萬此中無擇肴于游遠邊

昨年我東歸去滬念已熟初春固風疾將夏戒夫僕嗟延旬月連流彖

悲劍目病深久枯瘦豈遠自清齋今年復此來春水漲新綠驅車過廣

衢蹄覽我獨斯人誰得似倨話難再續推窗起徘徊斜陽下鄰屋

丁亥又二月姚鵷雛初稿

姚鵷雛題《还里过沪，追吊陶遗先生》

目 录

序一 ································ 杨天石 1
序二 ································ 周德明 6

一、诗词 ······································ 1
    苦旱 ······································ 3
    简钝剑亚庐 ································ 3
    次韵答钝剑并示亚庐 ························ 3
    小诗奉祝亚子我兄老友寿(四首) ·············· 3
    子民先生七秩大庆 ·························· 4
    徐文定公三百年纪念题诗 ···················· 4
    满江红·题秋夜草疏图 ······················ 5
    集定庵句成绝(十二首) ······················ 5
    题《涉园图》(二首) ························ 7
    题《听帆楼图》 ···························· 8

题《绿遍池塘草词意图》	8
题《寥天风雨图》	8
题《顾竹庵遗墨》	8
题《秀野草堂图》	9
题《双红桑馆图》(二首)	10
苍雪默然洞看菊访洞主诗(二首)	10
赠震五	11
题亦庐先生《海棠诗梦图》	11
题陆丹林《红树室图》	11
题《写梅图》即为伯初先生寿	11
赠鸣时	12
哀江南新乐府	12
五言残句	13
七言残句(二句)	13
秋菊	14
和多情新咏菊花诗原韵(四首)	14

二、文选 …… 15

吾心坎中之孟朴	17
陈去病公葬参观记	17
害马	18
"南洋公学卅周年纪念"祝辞	20
"全社"成立之经过及其主旨	21
江苏省长第十一届植树典礼训辞	23

河海工科大学湖北专班毕业颂词……………………24
陈陶遗河海工程学校毕业礼上的演说……………24
训练员应有之使命……………………………………25
民国初修泗阳县志序…………………………………26
是谁之罪欤？…………………………………………30
《中华国民拒毒会拒毒周特刊》序言………………32
读万石园先生诗文集…………………………………32
徐君德称调查欧美日本水利商港垦务报告书序……34
虞洽卿先生七十寿序…………………………………35
祭好友孟君昭常哀文…………………………………36
《上海掌故丛书》序…………………………………38
岳渊先生属题《花经》………………………………38
《命谱》序……………………………………………39
发起健行公学校友会启事……………………………39

三、函电………………………………………………41
致唐绍仪函……………………………………………43
致赵凤昌函电（三件）………………………………43
复张謇函………………………………………………45
致韩国钧函（十三件）………………………………46
致丁在君函（十八件）………………………………55
致丁在君电（十一件）………………………………63
致孙传芳电（二件）…………………………………65
致袁希涛函……………………………………………66

3

致柳亚子函（十二件）…………………………………… 67

致苏曼殊函……………………………………………… 79

致叶楚伧函……………………………………………… 80

致朱少屏函……………………………………………… 82

致姚石子函……………………………………………… 82

致蒋竹庄函（二件）……………………………………… 84

致黄孟超函……………………………………………… 84

祭章太炎唁电…………………………………………… 85

陈陶遗、孙传芳至上海总商会关于参加费城万国
会电……………………………………………………… 85

孙传芳、陈陶遗对三一八惨案通电…………………… 86

陈陶遗、孙传芳反对春节库券至京通电……………… 87

四、联语……………………………………………… 89

挽孙中山………………………………………………… 91

挽梁任公………………………………………………… 91

挽张謇（二件）…………………………………………… 91

挽高旭（二件）…………………………………………… 92

挽史量才………………………………………………… 92

挽曾朴…………………………………………………… 92

挽赵伯先………………………………………………… 93

挽高燮母高太夫人……………………………………… 93

挽名中医丁甘仁………………………………………… 93

赠小白先生……………………………………………… 93

赠子崧先生 …………………………………… 94

赠潜庐先生 …………………………………… 94

赠仰真仁兄 …………………………………… 94

赠俊人老兄 …………………………………… 94

赠士佳先生 …………………………………… 95

赠鹤峰仁兄 …………………………………… 95

赠慕灏先生 …………………………………… 95

天如老兄听帆楼补壁 ………………………… 95

赠筱堂仁兄 …………………………………… 96

赠卓修 ………………………………………… 96

赠敬三先生 …………………………………… 96

赠仲谋仁兄 …………………………………… 97

赠冰清女士 …………………………………… 97

赠分朴先生 …………………………………… 97

赠德纯仁兄 …………………………………… 98

赠木斋先生 …………………………………… 98

敬叔楣仁兄遗像 ……………………………… 98

五、公文 …………………………………………… 99

会令 …………………………………………… 101

布告（三件） ………………………………… 102

公示（五件） ………………………………… 104

公函（三件） ………………………………… 106

训令（十九件） ……………………………… 108

通告 ··· 125
　　批示（三件） ·· 126

六、附录 ··· 129
　　附录一　《陈陶遗先生墨迹》跋 ······················ 131
　　附录二　陈君陶遗家传 ······························ 132
　　附录三　友人赠诗选录 ······························ 136
　　附录四　友人来函选录 ······························ 146
　　附录五　陈陶遗哀挽录 ······························ 162
　　附录六　陈陶遗大事年表 ···························· 173

后记 ·· 204
编后记 ·· 213

序一

我于20世纪50年代开始研究南社时,迅速注意到了陈陶遗。

陈陶遗,原名公瑶,又名水,化名剑虹,字陶遗,亦作陶怡或淘夷,江苏金山(今上海)人。和南社主要成员高旭、姚光、高燮是同乡。

陈陶遗在清末中过秀才。1905年考入松江融斋师范学堂读书,因反对学校负责人被开除,愤而赴日本早稻田大学攻读政法。经高旭介绍,加入同盟会。不久,又加入光复会。1906年归国,在上海创办健行公学,既对学生进行革命教育,又作为同盟会江苏分会的秘密机关。

同年7月,孙中山自日本赴南洋,途经上海。陈陶遗与高旭、柳亚子、朱少屏等到吴淞口外的法国邮轮上与孙中山相见。陈因思路清晰,反应机敏,受到孙中山注意,建议陈再赴日本,担任同盟会的机要工作。

这一年秋天,陈陶遗出任同盟会暗杀部副部长,同时,继高旭之后,任同盟会江苏分会会长。其间,到章太炎的国学讲习会听课,章取"陶唐氏之遗民"意,为之改名陶遗。

1908年2月,陈陶遗接受委派,携带枪支、炸药回国,计划谋杀清两江总督端方。同月17日,因刘师培告密,在上海转乘小轮船回乡时被捕,囚禁于江宁。经张謇、李瑞清、袁希洛等江苏士绅营救,于1909年夏历五月获释。端方为表示宽大和开明,曾想笼络陈为幕僚,被设词婉拒。陈出狱后,革命之志如故,作诗云:"死别未成终有死,生还而后始无生。"

陈陶遗被捕是江苏文人圈中的大事,柳亚子、高旭等纷纷作诗、作词,表达系念和关注。我研究南社,之所以迅速注意到了陈陶遗,主要是因为陈的被捕和柳、高等人所写的相关作品。11月13日,南社在虎丘成立,陈陶遗自浙江嘉善来会,自此,成为南社的中坚分子。

我之所以注意陈陶遗,还因为他在辛亥革命中的作用。

1910年,光复会领袖陶成章到南洋发展,陈陶遗随行,一为讲学,一为募款。次年,革命党人在广州发动起义,陈陶遗携款及武器归国支援,但到达香港时,起义已经失败。随之,陈其美在上海响应武昌起义,陈陶遗所携款项给了上海革命党人很大帮助。当时,革命形势发展迅速,上海光复之后,继之以苏州的和平反正,原江苏巡抚程德全被推为都督。有资料证明,陈陶遗在其中起了推动作用(见《黄炎培日记》)。1912年1月1日,孙中山就任中华民国临时大总统,民国肇元,亚洲第一个共和国诞生。1月28日,临时参议院成立,选举林森为议长,陈陶遗以江苏参议员的身份被选为副议长。临时参议会是中华民国的立法机关,3月11日,公布《中华民国临时约法》7章56条。这是中国历史上第一个比较充分地体现民主精神和权力制衡原则的"根本大法"。作为副议长,陈陶遗应该发挥了重大作用。不过,这方面的情况,人们还不太清楚。

民国成立后,陈陶遗逐渐淡出政治,转入实业和教育。1914年,与黄炎培、沈恩孚等人组织东井垦殖公司,赴黑龙江垦荒,拓地二千亩。1916年,组织成通航运公司,兼营粮食和印刷业。1917年,与黄炎培等创立中华职业教育社,任董事,开中国职业教育之先河。

1925年,直系军阀孙传芳自任五省联军总司令,以"苏人治苏"相号召,派特使邀请陈陶遗到南京,保证全力维护省政独立。12月1日,陈陶遗以"不得干涉民事""财政厅、民政厅全部使用江苏人"等为条件,出任江苏省省长。1926年,曾与章太炎等共同参加在南京举行的"投壶古礼",任修订礼制会会长。任江苏省省长期间,曾设法营救江阴农民运动领袖共产党员周刚直,未成。又曾与上海租界当局谈判,废止侵犯中国司法主权的会审公廨制度。北伐军起,陈陶遗受国民党方面委托,曾试图说服孙传芳,与北伐军结盟,共同讨伐吴佩孚,为孙传芳拒绝。孙为抗拒北伐军,多方筹集军费，要求省署加征亩捐二角，陈陶遗与时任江苏省政务厅厅长的著名小说家曾朴力持不可，要求孙氏遵守此前的诺言，孙势促力穷，强迫实行，陈陶遗与曾朴同时辞职而去。

"九一八"事变后，陈陶遗与唐蔚之等人发起成立江苏国难救济会，提出抵制日货、经济绝交等口号。1933年，任上海临时参议会秘书长。次年，发起组织上海通社，编辑出版《上海研究资料》等地方史书籍。9月，与马相伯、李根源等赞助成立章太炎的国学讲习会，提倡"研究固有文化，造就国学人才"。11月10日，出席在苏州虎丘为南社发起人陈去病举行的公葬，旋即参加南社纪念会。

上海沦陷期间，坚决不当汉奸，曾一度到香港暂避。日酋冈村宁次登门劝说，陈陶遗当面拒绝；汪精卫亲笔致函，劝陈出任伪职，陈将来信烧毁。蒋介石也曾亲自写信，邀请陈到重庆居住，但陈已年老多病，无法成行。

晚年，陈陶遗以鬻字为生。1939年，与张元济等倡建合众图书馆，被选为董事长。当时，陈陶遗已过着"家贫难过节，身老怯增年"的生活，但仍向图书馆捐金万元，并多次捐书。

1946年，陈陶遗与在沪民主人士马叙伦、陈叔通、傅雷、张菊生等共同发表反蒋宣言。同年4月27日因心脏病逝世，享年66岁。

陈陶遗的一生是丰富的一生，也是追求革命、追求进步、爱国、爱乡的一生。其一生数十年所存文件、书札及笔记诸稿,约达千箱,藏在故乡,抗战中大都毁于日寇之火。近年来其后裔多方搜罗,始成此集。陈颖女士索序于我,我浏览之后,觉得虽系劫后残余,但仍为研究南社史、江苏史、民国史,也为研究陈陶遗本人提供了不少资料,因乐为之序。

杨天石
2015年7月完稿于北京东城之书满为患斋

序二

自2005年起,上海图书馆以馆藏文献年展为题,遴选珍稀藏品,举办专题展览,组织讲座、研讨,践行"揭示馆藏精品,传承中华文化,服务社会大众"宗旨。9年来,馆藏碑帖、明清名家手稿、历史原照、盛宣怀档案、家谱、宋本、文化名人手稿和尺牍等一一登场亮相,连年展示,引发热议,得到业界专家和广大读者的好评。

总有好奇者发问:上海图书馆这些历史文物性、学术资料性、艺术代表性俱佳的文献从何而来?而回答这类问题总也绕不过合众图书馆及以上图老馆长顾廷龙先生为代表的老一辈学者的努力,正是因为他们对传统文化典籍的热爱、超然卓越的学识和勤勉持续的采集才造就了今日可以张扬的底气;正是合众图书馆的家当和珍藏,才成就了如今每年具有轰动效应的展示。不论是无价之宝的金石拓片、叹为观止的明清手稿、信息丰富的民国旧照,还是独一无二的"盛档"、价值连城的宋本、藏量第一的家谱,甚至存量极少由陈望道翻译的《共产党宣言》初译本等珍贵文献,都和顾老等前辈有着不可分割的关系,多是合众图书馆的藏品。于是,总念想着择机将他们的文字汇集成册,既是表达纪念之意,又能探视他们的赤心、才识和业绩,并从中汲取知识、经验和力量。这是我们必须要做的工作。

今年,是顾廷龙先生诞辰110周年,也是合众图书馆创办75周年。我们决定除组织编纂《顾廷龙全集》外,再编一套"合众文库",并与地处合众图书馆原址的上海科学技术文献出版社协商出版发行事宜,双方志趣相同,一拍即合。而本书《贞毅先生陈陶遗诗文集》即是该文库之一。

陈陶遗(1881—1946),江苏省金山县松隐镇(今上海市金山区亭林镇)人,光绪二十七年(1901)考中秀才,后受民主革命思想影响,于光绪三十一年(1905)东渡日本,入早稻田大学攻读法政。他是同盟会和光复会的骨干,"南社"的中坚。民国期间,曾任国民党江苏省支部长、江苏省长、上海市临时参议会秘书长等要职,并曾创办健行公学,接办《民报》《申报》等报刊。他宣传爱国,鼓吹革命,擅长诗文,一向被同侪认作智谋之士,并以"天机星智多星"相称。1939年8月,华夏大地正遭日寇践踏,大量文物散佚。国难当头之时,他受叶景葵、张元济之邀,一起联络上海名流陈叔通、李拔可等创办上海私立合众图书馆,"取众擎易举之义,各出所藏为创",置地出资,拯救濒临毁灭的文献典籍,"谋国故之保存,用维民族之精神"

(见《呈为设立私立合众图书馆申请立案事》)。并且,成立董事会制定大政方针,保障图书馆运维。而出任第一届董事长的正是陈陶遗,足见其社会声望和人格魅力。

翻阅本书,重读合众图书馆历史,不由产生三个感慨。其一,民国著名实业家、浙江兴业银行董事长、藏书家叶景葵先生鉴于古籍沦亡,政潮暗淡,为传承民族文化计而发愿建馆聚书,供众观览。他悉数献出所有藏书成为合众图书馆基础,捐财产十万,再另募十万以利息作为营运之资,并力邀张元济、顾廷龙两位专家上下打理。1941年4月成立董事会,公推董事长,自己则做常务董事。叶景葵这位第一发起人、最多捐书人、重要出资人胸怀大义,气度非凡,高风亮节而不计名利;他物色人才,尊重专业,强调公益。这些皆是合众图书馆能够合力开办、迅速聚书、顺利运作并日渐声隆的重要原因。

其二,陈陶遗先生是民国期间资深的民主革命家,1925年12月即被任命为江苏省省长。抗战爆发,国民党政府甚至日寇汪伪曾多次威胁利诱,要他出任各种高官赏以厚爵,均被他拒绝。然而,却在彼时因"声望极隆"(见叶景葵致顾廷龙函)而被相中,和叶景葵、张元济一起作为私立合众图书馆发起人,振臂高呼能人志士齐心协力传承文化、留存典籍,并欣然出任合众图书馆董事会首任董事长。尤其难能可贵的是,陈陶遗先生在靠鬻字为生而无任何其他收入的情况下,仍然向合众图书馆捐资万元,还几次捐书数百种。

此等高尚气节、政治理念、文化情结,委实令人感佩不已!

其三,顾廷龙先生接受叶景葵、张元济两先生之恳切邀请,辞去燕京大学图书馆中文采访主任一职,南归襄助,藉其精深之古典文献整理、研究功力,主持馆务,确定采购范围、分编原则、读者对象和服务章法,他集采书、理书、借书和印书于一身,不辞辛劳,苦心经营。以不长的14年历程,使合众图书馆成为藏书达25万余册、具有相当规模的可供研究者参考利用的专业图书馆,著名学者如胡适、钱钟书、周谷城、蔡尚思、顾颉刚、郑振铎、冯其庸等,都曾到馆探骊寻珠。有学人曾赞叹,彼时"合众图书馆对于研究学术之贡献极其伟大","环顾国内,罕见其俦"(刘厚生致其侄刘欢曾函)。1953年,经董事会决议,合众图书馆全部馆藏连同馆舍一起,悉数捐献给上海市人民政府,成为上海图书馆历史文献的主要来源之一。顾先生此番伟业和功勋,日月可鉴,本馆同仁没齿难忘。

值得一提的是,本书编者陈颖女士是陈陶遗先生的曾孙女,多年从事陈陶遗诗词、文章、信函、楹联及相关资料的搜集和研究,又得天独厚地从陈氏后裔所编《贞毅先生陈陶遗》中撷取精华,使诗文集能够比较全面地反映陈陶遗的作品,所附《陈陶遗大事年表》则有助于了解他的生平事迹。

是为序。

周德明

2015年7月17日

一、诗　词

苦 旱

独自来登听雨楼,阵云捲鸟尽垂头。
桑林自责空怀古,满目疮痍系我愁。

简钝剑亚庐

冒雪经霜又一年,伤心底事不堪言。
而今幸得虚舟意,任彼风涛只晏然。

次韵答钝剑并示亚庐

南都忍死事堪羞,犹喜生归遇俊流。
旧梦沧桑惊逝水,深宵风雨苦吟秋。
迷离苌叔三年碧,痛哭归庄万古愁。
难得相逢容易别,不成狂醉肯甘休?

小诗奉祝亚子我兄老友寿(四首)

(一)

不是唐衢即步兵,少年热泪动纵横。

竭来忧乐关天下,莫把新亭当健行。①

（二）

欲凭南社追几复,半壁沧桑一泫然。
等是晓风与残月,不堪回首柳屯田。

（三）

劫后江南重见君,相惊年貌尚终军。
知非学易多功状,旧日长缨值几文。

（四）

楚杌晋乘不复作,武记韩碑尚可留。
一语祝君无量寿,名山事业在阳秋。

子民先生七秩大庆

海内推元定,垂垂已卅年。
主盟真健者②,历劫竟茫然。
布被安儒素,经畲了俗缘。
竚看酬耄耋,白发尽彭宣。

徐文定公三百年纪念题诗

学究天人际,江河万古流。

---

① 原注：三十年前,同主健行公学,寻常小别,君辄大恸。
② 原注：三十年前在健行公学开同盟会秘会辄被推主席。

新知开统绪,后学识前修。

薪尽火犹烈,天高世已秋。

迢迢三百载,芬采定长留。

——甲戌秋九月敬题徐文定公三百年纪念。乡后学陈陶遗。

满江红·题秋夜草疏图

开卷凄凉,兴亡事,几多陈迹。思当日,云阳一奏,北廷褫魄。川滇烽烟横塞远,武昌旌旆连天赤。听深宫,风雨近黄昏,孤儿泣。

横一幅,寸八笔,传千载,匡时策。数南通声望,群英谁匹。呕血难将残局系,掬忱共扫皇灵赫。最伤心,扰攘到而今,分南北。

投荒边徼,不与世接,七载于兹。翼之出是卷属题,瞻怀往事,恕焉神伤,昔日热肠,尽成罪戾。是所愿与当时共事诸公同加忏悔也。己未冬,陶遗。

集定庵句成绝[①](十二首)

和天梅、亚庐,即寄二君。试一读之,可以知予之近况也。孟冬旧稿。

(一)

剩水残山意度深,湘帘放下悄含颦。

---

① 注:这组集句诗作于丁未年,即1907年。

梅魂菊影商量遍，来听西斋夜雨声。

（二）

春归谁与试温存，歌泣无端字字真。
吟到恩仇心事涌，珊瑚击碎有谁听。

（三）

更何方法遣今生，文字醰醰多古情。
一事平生无龂龁，非将此骨媚公卿。

（四）

风云材略已消磨，其奈尊前万感何。
枉说健儿身手在，江湖侠骨恐无多。

（五）

秋光媚客似春光，绝色秋花各断肠。
收拾狂名须趁早，温柔不住住何乡。

（六）

怀人无奈碧云遮，甘隶妆台伺眼波。
客气渐多真气少，侧身天地我蹉跎。

（七）

商量出处到红裙，远志真看小草同。
谁分苍凉归棹后，沉沉心事北南东。

（八）

昼课男儿夜女儿，卿筹烂熟我筹之。
书生挟策成何济，倦矣应怜缩手时。

（九）

古愁莽莽不可说，古心突过汉朝松。
千秋名教吾谁愧，一眺人材海内空。

（十）

残客津梁握手欷，胸中海岳梦中飞。
夕阳忽下中原去，少壮沉雄心事违。

（十一）

金缸花烬月如烟，阅尽词场意惘然。
赖有阿咸情话好，自顾结习同无边。

（十二）

奇气一纵不可阖，万马齐喑究可哀。
从此不挥闲涕泪，高吟肺腑走风雷。

题《涉园图》（二首）

（一）

风节当年撼近臣，故园丘壑亦经纶。
旧朝台殿经桑海，可似螺浮一角春。

（二）

隔海风光三百春，华亭亦是卷中人。
同时秀甲空文藻，遗献无征一怆神。

题《听帆楼图》①

乘月枯槎梦里寻,兰台阅画去来今。
移情海上帆能听,一枕天风不世音。

题《绿遍池塘草词意图》②③

不栉才名似画连,千秋佳句万人传。
可怜绿遍池塘草,肠断黄门又一年。

题《寥天风雨图》④

四大本来无所有,前尘何事苦相寻。
寥天起灭恒沙劫,惟孝能持不坏心。

题《顾竹庵遗墨》⑤

内府图书散作尘,玉篇家世有传人。

---

① 注:唐天如藏。
② 原注:湖帆先生有黄门之痛,追理遗墨,得《千秋岁》词,其"绿遍池塘草"五字,已脍炙人口。泫然命题,即乞郢政。陈陶遗。
③ 注:吴湖帆藏。
④ 注:朱履仁藏。
⑤ 注:顾廷龙藏。

临池一卷堪千古,浩劫长摺不坏身。

题《秀野草堂图》①

玉山颓于前,秀野昌厥后。
成坏理则然,平泉亦何有。
沈埋三百霜,卷轴忽在手。
慕庐西堂辈,墨光发幽蔀。
相当康熙朝,寝馈掩中久。
菰菜动秋风,选楼盛文酒。
为爱元人诗,搜遗穷覆瓿。
一编遂杀青,百家但不朽。
所以古衣冠,入梦循墙走。
神物之所凭,纸素若琼玖。
图存堂即存,不必怨阳九。
吾闻之旧京,别墅抗万柳。
图出禹鸿胪,并此成嘉耦。
会当合剑津,君其菁荷负。

---

① 注:顾廷龙藏。

题《双红桑馆图》(二首)

(一)

刺桐花外朔风遒,叶葆岩丹不碍秋。
卅载相依老桑苎,问君何似赤松游。

(二)

删订精心尊所闻,饮冰遗著有奇芬。
庭前除却两桑扈,后世谁知子定文。①

苍雪默然洞看菊访洞主诗(二首)

(一)

老去看花眼尚明,秋来不负此间情。
默然洞口东篱下,从认渊明作净名。

(二)

看过霜花到菊花,洞门不锁日西斜。
前村乞食归何晚,自汲山泉自煮茶。

---

① 注:林宰平藏。

赠 震 五

卜居何必爱山丘,偶住城南陌路头。
浅草平原朝牧马,荒郊古道暮驱牛。
周遭碧嶂峰峰秀,隔断红尘事事幽。
此地去人原不远,好闲若个肯来游。

题亦庐先生《海棠诗梦图》

百里离人说望乡,年年辜负好春光。
分明一觉游仙梦,曾向通明奏绿章。
幽窗犹记海棠瓣,几日东风妙剪裁。
吟罢新诗满行橐,宝山知道不空回。

题陆丹林《红树室图》

满纸烟霞是曰墨妙,作者百家灵光炳耀。
艺术日新虫雕毋笑,红树青山遗世凭吊。

题《写梅图》即为伯初先生寿

舞风鸣露更何求,举眼鸡群岂足俦。

数点梅花相向处,两忘物我足千秋。

赠鸣时

尽倾怀抱已无馀,尚订云山共结庐。
黄檗峰前夜夜月,知君此意不曾疏。

哀江南新乐府

向在学中,喜读庾信《哀江南赋》,一咏三叹,不知悲从中来。民国十三年,江浙起衅,江南诸邑都遭劫掠,兵燹之惨,远胜红羊浩劫,因成此作。

兰成岂愿生萧瑟,徨徨四宇无宁日。
哀挥血泪赋江南,怨气悲风渲纸墨。
人间何世世何年,此日江南更可怜。
我欲长啼无血泪,血自蒸腾泪自煎。
大盗祸国逃钺斧,怨发冲冠剑空舞。
驱兽食人罪莫京,江南名士真卑侮[①]。
不见豺狼东下时,菁华片片成焦土。
贫亦不弃富不捐,遂使十室少完女[②]。

---

① 原注:此次战争,江南诸名士多有嗾使之嫌。
② 原注:兵之所至,奸淫掠抢无所不为,名之为豺狼,实嫌未足。

血流成渠尸成山,尸味腥臭血朱殷。
幽沉碧血留鹃唤,轻肿浮尸待鸟衔。
少壮流离畏拘役,老弱展转填沟壑。
浩劫红羊无此惨,乱离曷解人生乐①。
忽促流年送逝波,怀中宝剑亟须磨。
誓将胸臆凌霄气,尽化飞刀斩逆魔。

五言残句②

家贫难过节,身老怯增年。

七言残句(二句)

(一)

一身雪里逢除夜,两处灯前话岁朝。③

(二)

死别未成终有死,生还而后始无生。④

---

① 原注:壮丁多被拉夫,视同牛马之不若,流离之状,惨不忍闻。
② 注:仿陆游诗意。
③ 注:金山老诗人彭鹤濂《缅怀乡先哲》中曾有《咏陈陶遗》之诗,诗的注解中有:"公任江苏省省长时,凡故乡亲友求公谋事,一概拒绝。公有'一身雪里逢除夜,两处灯前话岁朝'之句,对仗殊工,情韵不匮,余最喜诵之。"
④ 注:1907年陈陶遗暗杀端方,为刘师培告密被捕,此句为1908年他在张謇等救助下出狱时所发感慨。

秋　菊

鸣蜩嗒嗒隐秋烟，抱叶禁寒绝可怜。
漫诮于陵廉似蚓，颇钦和靖洁如蝉。
充肠有露无须饵，振翼为琴不用弦。
珍重孤吟休蜕化，书声相答晚晴天。

和多情新咏菊花诗原韵（四首）

（一）

群葩凡艳各争长，历尽春阳又肃霜。
毕竟此花偏耐冷，高标劲节独登场。

（二）

清香冷艳擅兼长，倩影亭亭冒晓霜。
昨夜西风摧折甚，黄金世界忽悲场。

（三）

寄身篱下亦权宜，傲骨崚嶒淡逸姿。
犹向霜中留晚节，群才摇落却堪悲。

（四）

孤高不与世相宜，偏向霜中挺逸姿。
寂处东篱甘冷淡，不遭人赏亦可悲。

二、文 选

吾心坎中之孟朴

吾之知有孟朴，远在《孽海花》初出世以后。而踪迹之频数，则以甲子兵灾时为最。其时吾人惟戮力于弭兵及善后工作，孟朴每见必纵谭及于内典，盖其天资颖敏，纯以学者之态度潜心钻研，故能挈诸宗之要而泯主奴之见。又其性情得天独厚，平生于太夫人之一嚬一笑留心体贴，从不肯稍拂其意。即其入世负重，亦惟以佛入地狱、墨子摩顶放踵之精神赴之。世或谓孟朴为文艺家、为哲学家、乃至为政治家，吾谓孟朴之为孟朴，要自有其真性灵在，初不必以家数相绳。惟其如是，故孟朴虽死而精神不死，不然世之嚣然自命一家者多矣，伐性汩情而相鼠兴刺，以视孟朴何如也。孟朴有灵，其亦以吾为知言否？

陈去病公葬参观记

吴江陈去病先生，为同盟会会员，追随总理从事革命有年，学术甚深，著作宏富，曾组南社，领袖文坛，先后任京杭沪粤各大学教授，门生满海内，不幸于民国二十二年中秋之午，遽归道山，其老友吴铁城市长诸人曾于去春在沪开会追悼。兹者柳翼谋、柳亚子、陈布雷等名流复为之发起公葬于苏州虎丘山麓，本月十日举行典礼，记者景仰先生甚深，特于是日前往参观，因将其盛况约略记之。

是日上午，在苏州城内北寺塔报恩寺举行公葬，故旧门生，远近云集，国民政府五院院长、中央党部等均派代表致祭，吴县县长及各机关当局，均躬身盛典；自上海来者，有柳亚子、马公愚、朱少屏等名流多人。姑苏台下，车水马龙，报恩寺壁，满悬挽联。其最者如蒋委员长联云：国尚多艰，神策奇谋思邓禹；天何不憖，只鸡斗酒哭桥玄。汪精卫院长联云：龙性世难驯，南社旧人推子健；鹏隅天所厄，吴江寒雨助余悲。吴稚晖中委联云：建国负奇才，恨未持衡宰天下；词坛推猛将，动能扫笔扬汉威。其余美不胜收，难以悉记。先生之女公子绵祥女士有诗述哀云：鹦音毁室此何时，誓墓文成黯自悲。三载谁令为浅厝，九原应是谅孤儿。敢云缓待陇冈表，尚望人书有道碑。回首西县桥畔路，秋来风雨正凄其。中郎有女，不愧家学渊源。公祭既毕，乃于下午二时在虎丘二山门西首墓地举行公葬典礼，奏乐献花读祭文毕，赴葬者均致最敬礼，仪式极为隆重庄严，从此虎丘山麓又增一胜迹，永资后人之凭吊焉。

害　　马

巧电诵悉，惭怃交萦。比岁以还，遗杜门忍饥，屏绝百务，山林枯槁，意盖有由。窃念民国肇造，现象至斯，躬与革命事业者，罪实匪细，无建设知识，徒事破坏其所成就。譬诸湟污行潦，水本无源，不待崇朝，流涸可必。遗诚不才，昔曾预奔走之末，椎心自谳，成为罪人，木食草衣，无能忏悔，盖非一日矣。间尝矫首窃盼，以为方今黉序青年，心地纯洁，年力富强，庶可大造，以迴国运，亦使吾辈稍赎前罪。顾自最近学潮时起，弦诵几废，入室操戈，以矛陷盾，化康庄为荆棘，污皎皎以汶汶，徐望尽虚，痛心曷极！今先生出，总全国教育行政，将以革新为务，斯诚盛事，亦美政也。顾以遗不学，素未留心于教育事业，又方销声削辙，痛自忏悔之余，则又何足以上裨高深而效趋走。猥辱大命，惭无以副，敬谢不敏！敬谢不敏！抑窃有进者，大庠学府，文化所系，维持勿坠，人同此心。顾深维近来教育界致乱之由，似首当屏除标教育家之名而行政客之实者，勿使得所藉手，若乎本为政客而绝不知教育原理者，其当投逐，尤无论焉，害马既除，良苗云实，此一定之理也。东大重组之始，宜择纯粹学者、专门名家，毕身以讲学阐理为事者，则外界任何诱惑，百变而不离其宗。素衣不缁，素丝莫染，而教育救国之道，庶有望矣。新病初愈。戚惓惓之意，自忘愚陋，力疾陈辞，至希亮察……陈陶遗。

松江
九月二十五日

附：章士钊（署名孤桐）评论

陈君陶遗，血性淋漓、志行纯洁之君子人也。久不与世事，读书灌园为乐。愚近以东大改组，本江苏正士之公意，拟浼陶遗出为筹备员，今得覆如此。知其"什匿克"之意深，有不可尽强者矣。夫民国十四年之罪恶，谁实为之，革命党不引而自责，岂是乃心家国之徒。愚于本刊，微露斯意，而见者大诧，以为革命党不应与康有为、罗振玉同其口吻。若为愚惜其自损二十年前革命党之资格者然。呜乎！自五经当薪，百家束阁，时贤略解持论之法度者盖寡，初不料他人所为泛常平恕之谈，亦且蒙然莫辩其为何谓，而复纷纷笔讼，谓是谬戾，布之上庠，资为讲诵也。语称惟虚能受，今士林如此茅塞，与儒家立论之准绳，全然扞格，欲以言易天下者，果将何说而可哉！幸陶遗亦云：躬与革命事业，罪实匪细。天下重陶遗之为人，或相与礼接其言；然陶遗岂料今智识之堕坏，至有伤心雪涕之言，而号称大庠学府、文化所系者，竟瞠目不解，且用为评讥哉。教育家与政客，陶遗相况为论，知其腐心于江苏教育者深矣，重增其悲，即不多论，昔贞白在山，世事亦未尽忘。陶遗不以故人为甚不肖，时有所辱教，幸甚！

孤桐

"南洋公学卅周年纪念"祝辞[①]

文艺复兴，欧陆重光，历数世纪，科学浸昌，文明既启，

---

① 注：**此文标题为编者拟，原标题《祝辞》。**

渐及蛮荒，我华接轸，首推南洋，名贤擘画，思精虑详，弘规远模，玮丽甭皇，莘莘学子，竞集四方，穷研极讨，日就月将，才智迭出，云腾龙骧，交通利赖，水陆徜徉，卅载丕基，如日方长，乐时孟晋，令名无疆。

陈陶遗敬颂

"全社"成立之经过及其主旨

"全社"既创成，爰有斯刊之辑，同人以陶遗与在劻勷之列，属为一言，叙其梗概。陶遗不敏，顾从诸君子后，侧闻绪论，于社事经过及其主旨大要，知之较详，应以缀述，贡诸大众，譬之生客卒睹，莫通寒暄，例有介者，从为达其姓氏略历。陶遗此文与"全社"及读者间应负之责任，如是而已。

去岁贿选事起，参众两院之苏属议员，守正弗挠，毅然先后南下者，达二十人。陶遗与冷君雨秋，以为凡在苏人，对我张持正义、矙洁自全之代议士诸君，应表同情，以昭是非之正，故有与雨秋公宴诸君之举。席次纵论时局，遂及省政，以为国是之大，钩拒万状，宜非一木所能支，无已，姑先求缮完本省省政，以须时机之至，而扩以善我国焉。藉曰机不即至，而苏省省政果能缮完，其有裨于国实甚宏也。陶遗因念诸君子察然自保于贿选风潮之下，其精神固甚伟，移此精神以爱桑梓，直接求利我苏，间接即所以求利于国，夫岂自私其乡者哉。既与雨秋称叹久之，乃益谋研究所以缮完省政之道，于是有扩为省之政团之议，冀本诸君子之所以自保其人格者以保全我苏，故名其社曰"全"；南下诸君子，为数二十，而斯社之创成，适于双十节，故名社曰："全"。"全社"之命名盖以此。

谈政如习射然，彀弓持满，必有其所赴之鹄焉。"全社"之射鹄果何在乎？研究省政之改善，必先知其纲，财政者庶政之纲也，财政得理，则百端之整刷有自。今我苏财状况何如，稍知省政者，类能言之。世为理财之说者，不外二语：曰"开源节流"、曰"剔除中饱"，意诚是矣。顾无论开节、剔除之将以何道，而其必藉群策群力以赴之，始有成效之可言，则有断然者。故同人于研究省政之端绪，首揭财政，而冀全省人士之共探讨焉。其次改革以来，桀黠者出，辄玩弄利用多数人士，以遂其僨法乱政之私。至若政党首领运用而徐众为之机械，尤其馀事。同人有鉴于此，故遇事悉取公开之态度，务使凡我同志，咸各保持其江苏公民之水平线资格，以研究省政之改善，庶人人有尽智竭忠之道，而相对无操纵利用之虞。故于社员之征求，力谋普及，绝不愿沾少数利用多数之习气焉。复次省政大端，人所易知，纤悉利弊，难于尽晓。同人为改善省政计，必当欢迎六十县法团中之负时望而极公正者，咸能惠然加入，各抒所知。则论议既有轨辙之可依，政理不致有与事实抵触之病，此尤同人之所日夜以求者也。上述数端，于

"全社"之主旨及态度差为窥其一斑。至于罗列政实,抉剔利弊,钗析钩举,条引表列,为精密之调查,为公确之评判,是在诸君与社员全体。陶遗不敏,愿为引领以企之一人焉。

江苏省长第十一届植树典礼训辞

中华立国以农为本,顾施政要,首在重农,而蚕桑、山泽之利胥附焉。粤稽周制,各有专官亲耕、亲蚕之礼,尤历代相承而莫废。民国肇建,乃代之以植树者。约言其故,盖有二端:夫雨旸失时,最为农患,欲加调节,唯在培林;又制造日繁,工巧是尚,取材所自,半出山虞。由前所说,是植树为农业之保障;由后所说,则林木亦工业之根源。无悖往古垂制之精,兼寓师法远人之意,兴革之美,莫大于斯!惟江南春早,有异朔方苗种,适时宜近惊蛰,是以今年通令各属,先期举行,但求实效,无取胶柱。至清明典礼,为举国所从同,自应仍遵定制,以一观瞻。今者令节既届,用率僚属,敬成斯举,士庶观者,当咸晓然公家提倡之诚,竟求民间种植之利,将使木梗楠名,随地成材;桃李嘉华,靡县不茂。然则南国齐民之术,不外东郊种树之书。陶遗忝长乡邦,躬逢盛典,情关桑梓,敢自忘其敬恭;化愧甘棠,倘幸免于剪伐。百而有位,慎毋忽焉!

江苏省省长陈陶遗

河海工科大学湖北专班毕业颂词

吾国治水,大率考成书、尚经历而施之,事功有得有失。沿袭既久,幡然知敝,于是设河海工程专门学校。历届毕业生数百人,近且改组大学,国之中治水者,咸取才于斯焉。兹湖北专门正科班复于本年三月八日举行毕业式。湖北居长江上游,襄河贯数郡,以地势言,非有专门治水人才,本其所学,以经营而修治之不为功。今诸生既毕业以去,行见服务梓桑,以推及于他省,俾得大被其利。其视向之考成书、尚经历者迥乎远矣!学校教育之功,顾不重哉!陶遗摄政乡邦,躬逢盛典,敢贡数言,并为之颂曰:

鸿蒙八埏,孰平水土。丕显有虞,司空伯禹。汉设将作,宾司少府。河决瓠子,犹罹厥苦。降及晚近,淫巧旁骛。沟洫日湮,宫室是度。地方告灾,不遑安处。击楫中流,谁为砥柱?亦粤民国,水利有司。纲维全国,化险为夷。更展宏规,因地制宜。菁莪布化,是在良师。莘莘学子,飒飒英姿。四阅寒暑,三绝编韦。学成而归,亦般亦俙。乘势利导,不激不随。维楼有鹤,维山有龟。倾听休风,大江之湄。

陈陶遗河海工程学校毕业礼上的演说

甲寅五月廿一日,南京河海工程学校举行毕业礼,陈陶遗亲临演说，略谓："我有一最好朋友，素来主张劳工神圣，乃尝见其以皮鞭鞭车夫。又有极道模特儿之曲线美，谓为提倡美术，而不肯以妻女供人绘画。如人无诚信作事，在社会上，难于得人信仰"云云。闻者莫不鼓掌。

训练员应有之使命

陶遗拙于口才，所要说的，已都给印泉先生说了。兹将所希望于诸位的，约略言之：

一、每个训练员要做社会的导师

此次办理保卫团的宗旨，是扶助地方自治，是积极的工作。其任务为扶助军队与警察，军队本以保卫疆土为天职，而我国以前的军队，每每勇于私斗，怯于公战；警察是保护民众、领导民众的，而我国警察，偏重于消极方面，殊无领导保护的本能。例如有人在马路上小便，警察看见了，只知拘所，处以罚金，而不能指导他到相当地点不致违警，此不足为警；对于防止小窃，平日不能注意街上游荡无业或面生的人的行动，使窃案无从发生，此又不足为察。且我国警察，平时每多以个人的喜怒以鱼肉民众，这种现象是容易使诸位消极感触的，而事实上我们万不能消极，所以我们现在要不顾一切，起来训练保卫团，领导民众，以扶助军队警察和地方自治之所不及，而达到安定社会的目的。

二、每个训练员要做民众的保姆

诸位此次出去做所谓"保护身家"的工作,此"身家"二字,普通每每误解为专指有资产者而言。其实一个人凡有生命,即有身家;既有身家,即应自卫,如人类的有手足指甲等,亦为人类天然武器的一种。陶遗之意,以为诸位此次出去,因民众知识现尚幼稚,所以请诸位去做民众的保姆,使民众都有相当的知识和训练,从此江苏三千二百万民众,一切的希望和幸福,都由诸位两肩负了起来。

民国初修泗阳县志序

泗阳《乾隆志》即《桃源志》,凡八卷,或病其简。盖丁康熙大水昏垫之后,掇拾艰辛,仅乃有此,迄于今二百年矣!窃谓文献放佚,久将无征,创作新志实不可缓,顾蓄此意,未与邑人谋也。今春邑绅张蔚西先生以书来,述修志梗概,将付杀青,索序弁其耑。今而后泗阳有新志矣!新志体例出自总纂蔚西先生手,订似因实,创前所未有,然尚以未获一观志稿为憾。近顷邑绅总纂王慰亭先生赍全稿见眎,为册十有二,为卷二十有五,大纲凡四,子目二十又一,上下古今,灿然大备。乌呼!盛已!封疆肇造,必溯祧祖。旧志载桃源名县,始于有元,即金淮滨县,前此则未之有考。今据《后汉志》,知汉已立县,泗阳之名不始于今。又考证元立县在初叶,非末季。辨明桃源非桃园,字讹,亦非明季改称。

引据确凿,卓然不磨。疆域沿革,旧志载分宿迁、桃园地,益以晋之广陵郡,本东汉淮浦县地合而立治,并未明言所割之淮浦地于宋为何属。按淮浦于宋为涟水县,而有淮阴县介宿迁、涟水之间。窃意桃园益地当割淮阴,淮阴西北境古为淮浦地,于事理为近。《清河县志》亦言,其淮水以北,在汉当厹猶、淮浦二县之交,所属莫得而详焉。角城为自古道淮泗者必经之地,一名甬。刘文淇《扬州水道记》以宿州之埇桥当之,大误。据《水经注》,地当在淮阴泗口。《清河县志》辩之,谓在桃源,而确址不详。今《志》稿载角城在治东二十里,当在今李义口,是可以祛读《郦注》者之疑结。李义口、角城接近大小清河枝分处,真所谓左右两川、翼夹二水者也。泗阳县城滨泗襟,淮泗为主水,水北曰阳,则县治宜在泗北,今乃在南。《寰宇记》谓泗阳即魏阳城,亦在泗水南,均于义未安。今志稿疑为汉泗水,由成子窪入淮,引杜佑"宿预为故泗口"之言为证,谓在《水经注》以前形势,而未敢定论。此虽悬测,然泗水故道有此新发明,足生色矣。《班志》载泗水至睢陵入淮,与《郦注》不合,或遂有指汉泗水经睢宁至盱眙对岸之旧泗州入淮,后人沿误,径指泗盱淮水为泗水,其失愈远。抑知旧泗州非古也,古泗州即今宿迁县,唐开元迁州于盱眙,对岸仍名泗州,与泗水无涉。古睢陵至盱眙水道为潼水,北通泗、南通淮,淮泗津通以致沿误。又盱眙对岸有隋通济渠口,唐宋或称汴渠,导自归德古汴渠,经永宿至泗州两城间入淮。胡渭《禹贡锥指》谓"不知何时有此水道。"杨守敬《历代地理志图》直指归徐古汴渠为通济渠，讵知通济渠固不经泗阳。今《志》稿慎于去取，可称翔实。甚矣！考古之难也。惟泗水必经泗阳，却无疑义。宿预有泗口，而入淮不在宿预，必有两水相触始名为口。宿预触泗之水曰睢，睢口曰小河口，在白洋河口以北，恰当古宿预治南。睢口亦可称泗口，如淮阴泗口可称淮口之例推之，汝颖入淮之口，均可称淮口。睢泗交流，睢口、泗口，例得通称。且汉泗水果由宿预泗口南行入淮，势当入安河窪，不当入成子窪。入成子窪必经泗阳治而南，而泗阳治不闻有泗口，在郦亭以前，泗水下流改道，古籍无征。大小清河分支并非改道，《水经注》似为可据，今《志》稿亦颇见及此。或者汉泗阳县治原在泗水北岸，后移今治，亦未可知。据今图，成子窪上通卜家湖，逼近邑治，地势较低，意必有古水道于此分泗入淮。今既开其肩签，关于历史变迁存疑俟考，实非凿空可比。县既有淮而湮于洪泽，《盱眙志》、《泗虹志》、《清河志》均载有洪泽镇，又有洪泽村，传闻距淮河东岸二十里，距西岸三十里，四面皆际湖，未能确指其处。宋仁宗时开洪泽运河，自淮阴至洪泽镇四十九里，神宗时开龟山运河，自洪泽镇至龟山五十七里，避淮险。洪泽镇似即洪泽村，洪泽有闸，西与淮通，又有洪泽驿、洪泽馆，似均一地。准以地望，仍当求之于洪泽湖。今《志》稿载洪泽馆在吴城吴家勒，地方相传吴家牌坊旧基即宋时洪泽驿站，此珍闻极可贵。吴家勒与淮阴县、泗县毘界，镇地分隶他县，而馆驿则为泗阳所独有。证于宋运河道里之距亦合。泗阳有角城，又有洪泽驿，据南北津要，匪惟地胜，其为裨益于考古之参证，夫岂尟哉！凡此皆新志精粹处也。图表之作，明今则必准测验，述古则不限金元。表尤详豁，不为苟作矣。《志》十五卷，特重河渠。自馀记载二百年中佚闻掌故，蒐集靡遗。氏族有志，关系群治极钜，艺文不立专志，并具特识。《传》四卷，皆卓然可传者。以视旧志，奚翅霄壤？窃尝论之，间世述作，非旦莫可就，亦非一手一足之烈。张蔚西先生言庚申倡修志，三载未成。得老友王慰亭、陶卓如两君归里主政，又二稔，乃克蒇事，于此可见兹事之难。鸿篇巨制，积纸盈尺，字字皆诸君子心力之所瘁也，吾因之有感矣。元明以前黄河不经泗阳，有灌溉交通之利，泗水附庸为凌水、为崇河，宿预置邸阁度其间，人民休养生息，楸迁化居，必不如挽代之萧索。至元立县后，黄河渐南徙，尚不为患。汤福新以一流寓而致巨富，尝筑堤障淮，又输财濬邗沟，开涟、沭二水通舟，泽延数世，可知壤地膏沃，风俗淳厚。桃源之名，颉顽武陵，乐土殆不虚称。明黄河夺淮，假道汴睢、涡颍，均必经桃源，水祸始亟，隆万尤甚。清康熙初，黄河叠决崔镇坝、徐昇坝、烟墩、于家冈、黄家嘴、三义坝、新庄口、陈家楼、七里沟、龙窝口等处，县几沉没。又邳、宿、睢河决，必灌桃源，桃源之民死亡流徙，惨罹浩劫，生机绝矣！厥后河防渐固，漫溢分减之灾，岁以为常。洪泽筑大堤，淮扼于黄，湖涨必倒漾桃源，桃源劫运，几与黄河相终始。咸丰初黄河北徙，大困虽苏,而元气经数十年未复,以至于今。痛史不忘,盖尝低徊久之,远古之思不能已已。今兹新志告成,典丽裔皇,凡百民治,于兹发轫。剥而必复之机兆矣。民治之要义有二,曰"重农功",曰"兴文教"。农功之本在水利,文教之源在学校。吾闻淮阴近岁挑河,无虑数十道。涟水普通教育有声于时。泗阳同隶旧淮安府属,及今孟晋,是乌可量?吾更敬告修志诸君子,此后泗阳应兴举之事正多,提倡之责,匪异人任。它日续修县志之资料,将于是取给焉,诸君子傥有意乎?

中华民国十五年七月江苏省长陈陶遗序于金陵省署瞻园

是谁之罪欤?

民国开元,战乱不已,远有二次革命、洪宪改元、张勋复辟诸大战役,近有皖直、奉直二大战事,其他各省之小战乱更指不胜屈。凡此均内乱之尤,而人民所以颠沛流离者也。苏人则自鼎革以来,久鸩于燕安之毒,不闻兵革之事,其视各地战乱,更若秦人之视越人肥瘠者焉。迨至甲子江浙战起,始惊骇相告曰:"军阀祸苏,军阀祸苏!"吁!抑何其见之晚耶?

比月以来,有谋为齐燮元铸铁像者,有悬赏以购元凶之头者,更有调查军阀纵兵殃民之罪状,笔之于书而冀以扬军阀之遗臭者,即是篇亦为其中之一。此等动作,所以为亡羊补牢计,固不无有得。顾吾闲倘细思,军阀为害所以如是之重且著者何故?仅江浙一战,据统计所指,人民损失已达六千万以上,其他人命死伤乃至于奸淫等间接之损失不为预焉。若更益以历年之战祸,则吾民所受损失,又奚可胜计?夫国家养兵,所以保民,今日之兵不独不能保民,其殃民之处乃如此者何故?是果谁之罪欤?

军阀不以其兵保民,而以之争城夺地,更残民以逞,其罪之大,即铸以铁像,载诸口碑,或诛戮其身,抄没其财产,亦不足以尽之也。而甲死乙生,丙诛丁逃,军阀之生乃如青草,则又何以防之?且等是军队,在外国,曾不闻有戕害同胞之事,则又何故?论者有谓:"此系政事修明之故"。然吾更有问者:"彼之政事,又何以能修明?"吾恐任是何人,当无不归罪于国民自身也。蚩蚩者流,本俎上之鱼,固不足责;其自命有识之士,平日乃不知努力淬励以发扬民气,养成能牺牲有节操之士,以为国家干城,以绝兵祸之根,乃逡巡因循,徒谋一时一己之利益,以驯致军阀之大祸。其甚焉者,更不惜丧其人格以为军阀爪牙。即有热心之士,平日亦不知作曲突徙薪之计,一旦祸发,仅空口呼号和平,而与虎豹谋其皮鞹,抑又何其颠耶?

故吾敢断言:今日之事,军阀之罪虽不可逭,而推原战祸,吾人亦不能辞其咎。往事已矣,唯有设法捕捉罪魁,严行惩治以儆其余。而来日方长,根本解决,苟不更进一步,努力设法去军阀之私兵,养成良好之民兵,则人民所受军阀之祸，正不知其须若干倍于此日也！

《中华国民拒毒会拒毒周特刊》序言

好民之所好，恶民之所恶，为政之常经也。至于民主政治之国，官吏若为傭焉，以奉率其主之号令为原则，尚安得有悖民好恶之政出其间哉？我国自逊清时即申烟禁，以迄于今，时有张驰，毒因未靖。国内名贤，爰有"国民拒毒会"之创。夫烟毒之当拒，民意然矣。兹乃以拒毒会表示而发挥之，俾为政者益知有所适从，不其懿与？今年十月，将联络各省县区、各法团作大规模之运动，促国民之共起，并预发行《拒毒周特刊》，以告于众。伟矣哉！真民意之表示，凡在备位，敢不竭政令力之所能至以供其指挥乎？用赘一言，敬质海内关心拒毒之君子。

中华民国十五年八月
金山陈陶遗

读万石园先生诗文集

石园先生遗著，近世罕见传本，今孙氏约园所刻文集八卷，得自鄞县文献委员会。冯君孟颛称原本二册，不分卷，第书根号"石园藏稿"。以校《群书疑辨》，已采入过半，未刻者惟十六篇。诗校《谢山耆旧集》，未录者亦止五章，是原本已非上杭刘氏撰状录目八卷之旧。按之黄百家所撰先生墓志铭，及清史列传录目之二十卷，更散失多矣。然先生卒于史馆，遗书尽为人窃取，无一好本寄回家者（先生长子世标《流散目录》跋尾）。即钱竹汀撰传，仅载卷目，而书称未见者不下十数种，固不独诗文集为然也。

曩读今人张氏须所著《万季野与明史》一文，谓先生之学淹贯为长，文笔则逊。今观是集论史诸篇，劲气迤上，直追颖滨、半山，即当时李氏杲堂，亦盛称季野古文辞识力深健，不减欧、曾，是诚深知先生之文者。今张氏特以先生与万言、百家、方苞诸人有抆谦之言，遂致疑于先生之文笔。抑知管村于先生为犹子，即贞一与望溪在先生亦为后进。观贞一撰先生墓铭，称先生问予读何书，以无师对。先生曰："有名父将谁师？"余曰："未尝督课也。"先生曰："嘻，人之乐有贤父兄者，岂必藉其谆谆训诲乎？贵在自己默臭其气耳。"予时惕然面颈发赤，自是不甘自弃，稍得立足于诗书之途者，实由先生一言发之。是可知先生平日之自谦，无莫非奖进后学之意。且贞一文章世不多见，第即此题而论，尚不逮刘鳌石、钱竹汀、杨无咎、全谢山、李次青诸作，岂史笔如先生而反贞一之不若。至于望溪难以桐城名家，然其文弛缓，不落先生之宏深肃括。惟管村居然大家，亦见称于杲堂。张氏于先生坠绪考索甚勤，独此断章取义，未免厚诬先生。自本集行世而班、马文章得见一斑，于三百年攘窃阴霾之馀，不可谓非不幸之幸也。

是集所载墓志铭原阙末页，按张氏须所引，知为杨无咎所撰。无咎为"复社"杨维斗先生之子，杜门隐居历八十年，与涧上徐枋、昆山朱柏庐称"吴中三高士"，学者私谥正孝先生，著有《杨仲子三百篇》《小宛集》。是书阙文，犹冀约园之能搜刻完补之也。

徐君德称调查欧美日本水利商港垦务报告书序

吾国治水之书，莫古於夏禹。禹为世官，职任司空，意其时必承一家之学，素所熏渐，而后躬览山川，得其治要，始能修鲧之功也。惟世古文简《禹贡》一篇，仅为政书，不详其夙昔所学，其序治水先后，不详其何以先、何以后？其言方法，曰导，曰潴，曰会，曰入，曰奠，曰陂，亦不详其何以导、何以潴、何以会与入、奠与陂也。后之人虽循法以行，安所得施工之方乎？而自禹迄今四千年，言水利者繁矣，乃卒局于一隅，上失其官，下无其学，益不得体要，而国之中滋水患矣。自中外棣通，乃始知彼国水利工程为专家之学，於是士有译书、有游学于外、有设校于国、有专职考察于列邦，于于如也。南通徐君德称，固素习水利工程者，一日挟所考察欧美日诸国水利工程书来示余，衷然两巨册，可为中国言水利者补往政之缺，为先河之道矣。惟国情不同，地势亦变，诸国重商，故商港为水利重要，而垦务附焉。我重农，大陆交通率从轮轨，故水利当首在农田,而商港犹后也。因是治水亦不可尽法诸国。诸国地小,在狭束而深浚;我国地大,宜无取其狭而深者。政务孔殷,不遑琐琐论列。循览是书,略言古今中外治水之大概,以书其端。徐君通达好问学,其倘以余言为然乎?

虞洽卿先生七十寿序

宙合之运会,逾辟而逾新,不相袭者也;中外之事业,亦逾出而逾新,不相袭者也。纵观前史,横览友邦,有非常之时,必有非常之人,于焉排难济变,弥论世务,地不限朝野,业不囿学商,要其功成名立,罔不彪炳圜区。世徒羡其德业之日新,福寿之无疆,而不知扶舆卓荦之气,虽独有所钟,然必几经蟠错,而后出群拔萃,贯日干霄,固非寻常俗士与时俯仰者所能幸致于万一也。若四明洽老虞先生其庶几焉。先生浙水名宗,重华衍庆,家传孝友,著节义于累朝;才本明通,露头角于早岁。十五而来沪渎,三六而长华俄,自值海通以还,商战正剧,先生识时达变,体大思精,以陶朱计然之新献,裕利用厚生之大业,主盟公会,声施烂然。于是见田之龙,倏变终南之豹,是邦之政,非求必闻,无其位而有其德,见其义而勇于为善。综计先生平生,张国权,扶民气,谋定后动,动必有成。细数之更仆难终,略举之妇孺尽晓。如四明公所、大闹公堂两案,其最著者也。方事之殷,北廷疆吏,无不倚若长城。先生房谋杜断,百折不挠,卒乃伐谋戢兵，完赵璧而返侵地；膺凶改谳，靖楚氛而庇我民。虽端木之一出，而存鲁齐强晋霸越，千载揆之，若合符节。旧邦可以化新，自助动得天助，兹非其效欤。逮两案结后，先生慨胞商之散无友纪，仓卒难恃，乃毅然创体育会，辟操场与沪北，躬自易服，效赵主父之承先勇，于是后先首景附，君子成群。数年之间，加入万国商团，与列邦同其待遇，沪南闸北，以次朱军，遂为上海光复之权舆，此则张国权、扶民气，大有造于党国者也。由是中外倾心，华董参政，得以迎刃而解。而五卅惨案，亦赖先生总揽商会，化险为夷。至于创银行、辟航路、龙山开埠、镇海内地、运输码头，在常人惨淡经营，得一已难，在先生则如淮阴将兵，多多益善。是知毓秀钟灵，得天独厚，世运递嬗，而德业日新，非偶然也。乃者榴花照眼，值先生杖国之辰，又旅沪五五之岁，孝赓等谊切同舟，情亲抚尘，请借前箸，以赞测蠡。舟丘无远，献斯言，敢辞我韦之先，碧海非遥，举是觞。愿祝岗陵之始。

祭好友孟君昭常哀文[①]

八年二月十日，后死友陈陶遗敬酹酒成礼而告於庸生先生在天之灵曰：

呜呼！胡所为而来，胡所为而去？百年刹那，使我负

---

① 注：标题为编者所拟，原无题。

汝。呜呼庸生,天耶！人耶！悲从中来,不可告语。念我识君,七年於兹。闻君之名,溯自少时。清政失纲,群雄逐鹿。悉索逋亡,我时入狱。君曰其然,士不可辱！飞电函书,道路相属。我实与君,目不一触！民国乙卯,我始东征。毡裘冰雪,与君相倾。忽若气尽,各悲平生。倦鸟投林,参池其羽。还往既频,取资尤富。醇醪不如,落落可数。惟君志节,不受砻礴。胸中丘壑,接天峨峨。一官浼我,拂衣掉首。坚刚不拔,独立谁友？晚笃大法,信仰尤厚。沙碛秋平,万籁尽歇。共我趺跏,夜灯宣佛。风籓先声,惟有片月。心光满地,同其照彻。惟君素学,星宿罗胸。槎枒肺肝,吐为长虹。歌辞潇洒,杜陵之风。精於治理,一贯兼通。名法籀译,条理尤工。得天信美,赍此长终。惟君名言,骖伍晋魏。奇思葩发,隽理河沛。世法平等,独抶嗔爱。翛然持躬,不为物累。微尘未尽,时见喟叹。嗟予子孤,视君昆弟。形影与俱,心迹双清。遁世何许,穹庐荒城。团瓢可依,聊复濯缨。何图微疾,君遽长逝。方余思归,妇病在里。仓卒买舟,势不可俟。君言伴我,少须行矣。重违君意,迟迟挂帆。君忽病热,坚卧无欢。用医者言,弗药当瘥。促我早行,告于君室。罗欢眼前,庶已君疾。何图千秋,判此一夕。我方海行,君已瞑溘。江潮飞泪,海日无色。呜呼！负君岂其仅是临终一念！耿耿大事,生天成佛,争此弹指,恨未在侧,助竟斯志！呜呼！庸生来去本空,生不云乐,去复何悲！悲可暂已,此怀无穷,鉴我斯言,君在苍穹！呜呼哀哉！尚飨！

《上海掌故丛书》序

古者，行人采书、太史掌典，有专守之官，即有专掌之故，官礼、仪礼，其最著者也。后世官失学废，文籍日繁，国史不能概，方志不能统，而向、歆《七略》之成规，又复绝响于天下。于是而欲抱残守缺，由识小以推及大且远者，则乡土掌故之裒录，其要删矣。上海自元至元间始立为县，历明、清两朝，虽阅时只六、七百年，而其间乡贤之著述攸关典章、国故者，殆已更仆难数。"上海通社"特于掌故之范，先刊一集，都凡十四种，行见是书出而元、明、清三朝，沪渎内讧、外患、风土、岁时以及文化物产昭昭然若列星之复明，非特先哲载笔之苦心赖以不坠，抑亦史志之别裁、辑略之流亚矣！昔尼父称："夏、殷能言，而孙卿欲观其灿然者。"吾于是书亦云。

共和纪元廿又四年七月金山陈陶遗

岳渊先生属题《花经》

《诗》正而葩，《尔雅》多识；象晋谦之，得君而四。披裘采芝，神凝万卉；搜奇撷英，外薄四裔。勒成一编，策动树艺；无双家世，庶几勿替。

壬午酉月

陈陶遗

《命谱》序

润州袁君树珊,饱学能文,究心性命之学,尝仿班表古人之意,撰录《命谱》一书,遭世鞠凶,荡其所有。比来喘息初定,乃就及门录副。删繁问世,而质之于予。予观其所录,忠孝节义,神奸巨憝,事有典籍,旨在劝惩。倘非知命之君子,不能为也。命之为理,可以喻夫妇之愚,而穷其赜,则圣人或有所不能,君子所以贵修身以俟也。孔子得之不得曰有命,此书之行,意者其亦有命存焉乎。

庚辰孟春之月
陈陶遗识

发起健行公学校友会启事

上海健行公学创办于中华民国纪元前六年之春,至翌岁暑假后并入南洋中学。溯其前后,生命不足两年。然以教育坛场而提倡革命,上承爱国学社之余绪,下开上海大学之先声,不可谓非革命历史上一纪之物也。顾三十年来,旧人星散,声气鲜通;论世之士,怃然忧之。同人等爰发起此校友会,借设筹备处于上海白来尼蒙马浪路三十九号恒社,并推定湘宾为筹备主任,即日开始办公,于二个月以内开成立大会。伏望旧时教职员暨全体同学惠然肯来,共襄盛举,不胜颂幸之至！

中华民国二十五年二月十六日

陈陶遗　柳亚子　瞿绍伊　朱少屏　张清樾

汪千仞　任味知　谭志刚　洪雁芳　同启

三、函 电

致唐绍仪函

少川先生台鉴,敬启者:

上海会审公廨,闻领团方面有自动交还之意,亟宜趁此时机,先行商定收回办法,以结悬案,而慰民望。兹派本署秘书庞树森代表赴沪,仍嘱其趋谒左右,就商一切。庞君办理司法、外交历有年所,于收回会审公廨一案先后情形均所详悉,务乞赐予接洽,指示周行,曷胜感纫之至!专此,祗颂台安!

陈陶遗敬启
三月二十七日

致赵凤昌函电[①](三件)

(一)

赣督免官命令已见,所事刻下是否可以进行?乞速与

---

① 注:载《赵凤昌藏札》首册,无年月,据首句,应写于1913年二次革命前夕,是年春宋教仁被杀,6月初汪精卫回国抵沪,与蔡元培、胡瑛、赵凤昌等晤谈,设法弥补国民党与北廷的裂痕,陈陶遗与刘厚生(垣)参与共谋,为此陈、刘二人在6月12日特意去南通见张謇,共商对策。另:《赵凤昌藏札》编者在目录中将"垣"误读为"项",并注明袁世凯。

汪、蔡、胡三君接洽，以急电示知为荷。

竹君先生鉴。

垣、遗顿。即晚。

（二）

竹君先生大鉴：

　　前自邗上还，趋教，适驾出不值，怅惘无已，比惟起居清胜为祝。哈埠农产银行，比得友人书，悉已完全结束，每股百元，尚可收回三百卅余元。是项报告，未识已未寄到沪上？各股由遗函托哈友代领，离沪时曾托蒋君孟蘋代达，曾否已邀台浃？殊念。

　　该行事，遗未尝与闻，而为庸生经手各事中抱歉之一端，冒昧自任，欲代死友了此一重公案耳。专此，即承

道履

陶遗再拜

一月六号即己未十一月即望也

（三）

竹君先生左右：

　　别后下一日搭神户丸出发，经青岛、大连、长春三埠，直达哈尔滨，沿途耳目所及，恍若重游东瀛三岛。哈埠为北满中点，市况尚盛，路界内俄商为多，路界外华商居多，县治即在轨道东，名傅家甸，一大市集。惟道路不修，又值江水暴涨，满地琼浆玉液，交通几至断绝。

　　垦事方在着手筹备，今年开冻较迟，不免失时之患。然

投荒万里,能博得一清净境已属大幸,欲成一事业,非吃几年辛苦不为功也。惠教由庸生转交,率布以承兴居。

陶遗谨上
五月九日

又:交河风声日急,此间更觉恐慌,一般商民尚能镇静。国民忍耐性日进,差足喜也。然否?

复 张 謇 函

啬老赐鉴:

顷奉惠函,敬悉一是。查海门陆锄经等报领该县东七区沿海新滩一案,前因沪海沙田分处勘报不实,业经郑前省长令行沙田总局,切实复丈在案。承嘱各节,系属该局主管范围,除转令审慎办理外,相应函复,统祈察照。

陶遗再拜
民国十五年(1926.1.2)

附张謇原函:

陶遗省长大鉴:

敬启者:海门陆锄经等报领海门东七区沿海接涨新滩案,该地系与通海垦牧公司堤外未围之地,计一万七千余亩毗连。因有界至关系,曾于前省长任内,根据部令请派沙田局汪总办亲临勘丈,标分界至。乃汪总办迟迟不来,近忽委派崇海沙田分局专办顾南庸同海门县知事办理,其令文并称"垦牧有溢地,饬与陆锄经所报一并通丈呈报核转"等因。

查垦牧公司已围未围之地，系清宣统元年缴价，民国元年升科，当时以滩质尚嫩，留出未围之地，非围足而又溢出之地也。事实如此，卷中文亦分晰，是堤外地数实有一万七千余亩，其令文直将一万亩抹去，而曰"溢出七千余亩"。今既有此舛误，则地数自与原案不符，与垦牧未围地关系甚巨，勘丈标界为必不可忽之事，亟应慎重。其人顾南庸乃著名不规则之律师，容以平日诪张之伎俩，设词耸听，夤缘得差，其品行名誉素非乡里所信，实未便承乏此项重任。应请查案仍指令汪总办亲自临勘，届时会同各方面核查案册，丈量地亩，使真正界限明白立揭，乃可断一切诞妄牵混之根。专此奉白，务希加意核夺。敬请台安。

致韩国钧函（十三件）

（一）

止老省长崇座：

迭奉手谕，敬悉一是。辱承厚爱，感靡可言。同时读君寔兄书，悉长者偶患足疾，日来已未健全？良念！

温知事处，约月朔往松涘洽，稍缓，当专诚起居，并承教一切。肃叩。敬颂

痊可！

陈陶怡谨上
廿七日

（二）

止老省长座右：

一昨陆君来，远承存问，既感且愧；复审尊恙渐可，为慰益更无量。

松县温知事处，决今日往晤，浃洽后由沪趋教，届时当专函上闻也。肃此。敬叩

崇安！

陈陶怡再拜
卅一日

（三）

止老省长崇座：

前日趋教后，旋即偕君宸兄往谒宁河，谈两小时，殊畅。此公脑力敏锐，向上心胜，扶导得人，足与为善。长者往还有数，格之以诚，订为诤友，造福我苏，似非难事。迂谬之见，尊意云何？怡翌日即还沪，匆匆不及叩辞，仅烦君宸致意，想勿深责也。

渡浦还乡，正值风雨，托庇未遭没顶，惟伤于风，比亦痊可。

过松曾访温知事栋甫，借漕所得不及万金，外无应者。据彼观察，舍向银行息借外无他法，顾此非先得财厅同意不可。长者试筹度之，抑有他道否？

秋高气爽，习习凉风，乘风破浪，时不可失，用以浃洽情愫尘清听。乞与孟翁厅长熟商之，是荷。专肃。敬承

道履！

陈陶怡再拜
八月十六日

（四）

止老省长座右：

昨承委陆菊人君迂道见访，接奉手教，循诵再三，怆怀靡已。长者眷念时艰，思深虑远，恺恻慈祥，盎然言表。人非木石，谁个无情，嘱缓欧行，敢不祗遵。惟是怡投荒十载，寸效未收，而习农之愿，则未有渝。考察之举，仍惟长者终始成全是赖。此两三月间，如有驱策，自当供奔走之劳，此亦本分事也。至于名义，万不敢居，事不负虚，实亦不便。区区之意，当祈垂察。但愿他日成行，得终其身于陇亩之间，则受惠固无量，而亦即所以报国报乡也。病足承复，敬叩崇安！

陈陶怡谨上
八月廿二日

（五）

止老省长座右：

一昨征书下贲，猥承垂青，格外惭悚，正是无已。复读手教，语挚情真，成全委曲，忘年按分，却又非恭，权且拜登，容俟面罄。怡薄质樗蒲，与世久隔，值兹时局，即使驰驱勉效，亦恐罪戾，徒滋伤廉贻诮耳。

江浙协约，闻已由两省绅耆登报宣布，适怡病足深居，憾未得读。谣诼浮言,从兹可息。军政当局果能贯彻斯旨,矢守勿渝,南北漩涡,不为所卷,则庸仅两浙、三吴之幸,即东南半壁亦可永保和平,泯全国之纷,道亦不外是。年来扰之弊,在南北性执偏计,各走极端,至浙与苏原无衅之可启也。怡桑梓情同,利害与共,日夜萦怀,刻不能置,惟此而已。迂谬之见,长者云何?游欧之愿,匪关一己,春间上书,既详一二,比恳菊人兄转达私衷,亮荷鉴察,伏乞筹度开示,俾乘时整装,无甚跋踌!贱患平复,即当趋叩崇阶,亲聆教益。率复,不尽。敬承
道履!

陈陶怡再拜
八月廿九日

(六)

止老赐鉴:

叩别氏沪,冒寒得微疾,卧床两日,各方情形无所闻见。任之去,想已晤见,量才以中南兑现,须迟至节后赴宁,届时或由长者电促,则更妥。闻龙华方面,以沪人士好为片面和平之责言,故亦日日敦促量才也。宁河近曾派人与武陵龙华浃洽,意长者必有所闻也。病愈即到沪,余竢续陈。顺承起居

陶遗再拜

(七)

止老省长赐鉴:

月前晋谒,畅承教益,得未曾有。垂爱之情,出于真挚,

感激之私,匪言可说。比得君寔兄书,悉怡欧游旅费已筹有着落,值兹时会,益臻关怀。何日可领?静候台命。肃此达意,诸维雅拂。敬叩

崇安!

陶怡再拜
九日

(八)

止老省长阁下：

前日邮呈寸笺,计已察入。友人张君翼云鹏,昔隶岈嵝,夙承照庇。心细才长,善能应肆。乡之吏林,要当其选。六年去粤,厕列法界,操守谨严,尤邀时誉。比以费绌停顿,遂尔孑然还里。亦以长者重莅乡邦,励精求治,张君颇思自效,以供驱遣。兹者专谒崇阶,面承训诲。特上一言,伏祈教益。肃此布悃,统希荃照。顺叩

勋绥!

陈陶怡再拜
十九日

(九)

紫老先生省长崇座：

比奉大教,备承远注拳拳,益令私衷耿耿。姚君鹓雏,辱蒙推爱屋乌,破格录用,当此人满之时,更感庇寒之德,中心象刻,匪言可宣。

敬启渎者,春间以祭扫回里,偶与邑人谈及敝邑吏治。金谓前令詹君亮畴为能实心任事者。后以苏浙毗连之海滩分界事,敝邑与浙之平湖居民互相争执。时伊通昆仲适各长两省之政,兄徇弟意,断为浙有。实则滩为谁属?邑乘地势均可考也。詹令以责在守土,迭电力争,致被撤任,并底缺亦开去,邑人电留无效也。今令朱君宗衡,闻为伊通之戚,初出宰邑,未尝仕学。若果敷政优优,则后胜于前,对于詹君,未必去思猷昔。闻詹尚在宁,以实心任事之人而听其浮沉,似殊可惜。怡于新旧令初无一面缘,且远出,素不与乡间事,故无好恶之心,惟爱乡之心,则未能免,为敢不辞冒昧,尚祈鉴此瘝愚,谨举所知,伏维垂察。肃此,祗请勋安,诸维荃照,不宣。

陈陶怡顶礼[①]

七月廿六号

(十)

止老省长座右:

敬启者,小儿定赴德留学,迄今四载。自德币低落,生活日高,而新例于外国学生更征特税,用是所费不赀,时虞辍学。怡家素清贫,益以年来怡在关外所营垦务,又以治安不保,损失滋多,因于去岁呈由省教育会转请全部免试、缺出核补各在案。此次入都,询之教部友人,悉免试核补及考

---

① 注:此函作于1922年7月26日。

选录取者,业已如额补足,致憾向隅。顾私愿所冀,迫不能待,为敢冒昧请求,可否先行设法补助,俟下届缺出再求核补如何？务乞格外成全是荷。专肃,敬请

勋绥!

陈陶怡谨上[①]

一月二十日

如承赐复,乞仍寄哈尔滨道外南四道街益生祥为叩。

（十一）

止老省长阁下：

前奉手教,具承雅厚。儿子定旅德费绌,进退维谷,乃荷悯其废学,设法补助。知阁下为本省育人才,即为国家培元气,所全者至大。怡不敢以私感颂阁下,且愿阁下益恢宏愿,大庇孤寒而已。

怡以谫陋,抱其孤愚,冥行一意,终无所就。投荒以来,为祀十余,衣褐捆屦,筚路蓝缕。以事垦植,卒以外阻于交通之弗缉、治安之未葳,内困于资力之未充、人才之难得,力多功寡,愧恧何言！

兹以枢部新政之初,遂荷故人荐弥之牍,命以考察,畀之周游。部议方提,大咨旋布,垂承奖饰,愚弗克当,夙夜屏营,莫知所以。伏念方今承欧战之后,厚资利器,荡然廓然,物质文明根本摧陷,物竞结果,乃至于斯。及今补救,惟在

[①] 注：此函作于1923年1月20日。

生产。盖以大战消耗之余，物力已穷，新机待辟也。征诸德、奥近况，固已水尽山穷。即彼战胜诸国，亦复原料缺乏，物贾飞涨，工厂停止，限制及于饮食。此其故可思矣。世界物产，俄、印而外，首推吾国。天然富源不为不存，徒以人力未至，地宝蕴藏。当此时会，亟宜提倡农利，随应世界之潮流，亦免外人之觊觎。此从经济方面言，而知提倡农业之为亟也。我国古时以农立国，所谓政治之设施，凡以利农而已。黄帝画野分州，经土设井，而农国之制定。少昊设九扈为九农政，而农官之制创。禹平水土，而民始安于耕食。此政之为农者也。其在民间，庠序、塾学各掌教学。士无不农，农无不学。自士、农分而农贱，工商贵，而农益削。农政废，而政不及农，农不知政。于是，农与政遂判然两途矣。至于今日，欧风东渐，长袖善舞者，假振兴实业之名，居资本主义之实，居奇垄断，豪夺巧取，而农业之厄益甚。士变而官，而稼穑之艰难，知者鲜矣。民骛于工商，而富本之图，为之者鲜矣。于是，农业益不讲。夫古之士、农，亦曰"劳心于劳力相为用"而已。劳心者出其学，以教劳力，而受劳力者之养；劳力者出其力，以养劳心，而受劳心者之教。工商之贱视，盖恐其病农也。业农者耕凿自安，而无越礼背法之事，创制者之意诚善矣。自改革以还，遽行全民政治，在先进如德、美，尚未尽善，且难讳言，而彼国类以工商立国，其代议士即为资本家或其代表。代议士之生活问题不待解决，故能以政策主义相号召，绝无所谓金钱运动者。至于吾国，则全体之人民，农为多数。而农民与政治远离，淡漠又复如此，骤然欲其参与政治，其为可否？不待智者能辨之。是今制可行与否，其关键实在农民生活、智识与政治之距离如何而已。此农业国之讲求政治，所亟待注意者也。怡奉命考察农政，窃于此点颇致意焉。其能否以考察所得"土壤"、"细流"为河岳之一助，则未可知也。

南下有日，当趋谒崇阶，藉聆教益。草肃布意，不尽神驰。专叩勋安。诸维朗鉴。

陈陶怡上言[①]

四月十九日

敬再者，陈君怀谦因乃翁有疾不能远出，但求月得数十元足以供菽水之资，借便侍奉。愿望如是，尚祈嘘植为荷。

又，冷君御秋乡友卢君镇澜，刻在乡执行律师职，颇思在省中得一名誉职，为是曾函冷君转恳。顾冷君以不便启齿，谆嘱代陈，用转上渎，乞垂鉴焉。

（十二）

止老左右：

日前因事来沪，旋由舍间转奉手教，敬悉一是。遗于临池工浅，偶尔涂鸦，全赖窗明几净，得时始合，古意云然。寓所既窄，又值天雨，草率已极，不足以正法眼臧也。不日返里，当另写数幅呈政。敝郡后起之书画家，亦甚寥寥，承属代征，不克应命，至歉！至歉！

[①] 注：此函作于1923年4月19日。

匆复,顺承

道履!

陶遗再拜

四月朔日

(十三)

止老省长崇座:

敬启渎者,分苏任用知事程君劲,才识优长,经验宏富,其品性敦朴,尤为近今吏林中难能可贵。前经思老、丹老迭函推荐,亮荷注存。怡与程君相交廿年,知之最稔。兹值延揽之际,用敢介以一言,至祈推爱录用,无任跂祷。

顺颂

勋绥!

陈陶遗再拜

致丁在君函(十八件)

(一)

在君吾兄足下:

日来忙极,意兄更忙也。走拟阴历初十后一、二日内启程巡视徐海,盼联帅于一周内赴沪就职,并即回宁,斯事关键在兄,故特奉恳。又友人杨绳祖人极谨饬,胡泰年才极干练,杨为孙君汉臣(丹林)推荐,胡则与季常任公均有关系,咸可用,希望非奢。胡已予以介绍函,并未说明何事。杨则可由厚公介绍一谈，如兄认为可用，此时筹备，即可招来帮忙一切。此外诸员，均可徐徐布置。兄何日来宁，秘长人选已未提出，亦盼示及，匆此即颂

旅绥！

弟遗再拜
四月十二日夕

（二）

在君先生大鉴：

兹介绍胡君泰年，乞赐接谈是荷。此上

四月十二夕陶遗启

（三）

在君先生阁下：

兹有狄君福鼎，前经省派调查法国战后情形，于市政颇多研究。景仰高贤，有所陈述，用特介诸左右，尚希进而教之。专泐，祗颂

勋绥！

陶遗敬启
四月二十一日

（四）

在君吾兄足下：

宪报载两启事，知公之苦痛备尝。其抱一不敷衍主义，二、三月后，亦可少安。此即吾国政治现象之特征，已觉可叹，然尚有甚于此，在其后实大可伤心者也。其事唯何，日后即

晓,恕不预告。令亲处已未通知?宅地税关系警饷,但得相消,意无问题,不识江东以为何若?顷得厚生函,言抵京津,迭有函电致公,计已浃洽云云,究竟一一收到否?便乞示及。

遗再拜
廿二日

(五)

在君吾兄足下:

别后,沪上各团体为会审公廨事,所推董、李、陈、赵四代表即来署。因联帅答复,此事须待商于足下,故四代表亟欲与公一谈,顾数次追踪不得,即晚托厚生代述鄙意,想邀鉴及。日来不识已未晤面?外团方面意见何若?对于省所委员能否接谈?五月之期,转瞬即至,此百意旨,专候足下一言,乞速示我为盼。

遗再拜

附信及履历乞察,若须一谈,可嘱曾君介绍。

四月三十日

(六)

昨晚台从行后,总部即送关防来,弟以无从踪迹,仍着原差携归,意今日必已带沪矣。胡君克之昨虽成行,但中心游移,坚托孟朴致意,勿遽开底缺,大约须观察沪上局面后方能大定,是亦人情之常。史君处似以暂缓去电为宜。然否?请酌。宅地税事,耆卿答复意警饷,而帅意则在管辖,而非直辖(如用人解款,仍隶财厅),请注意。匆布。即承在君吾兄大教。已封发间,得刘五书,谨奉阅。

遗启

五月三日

（七）

在君我兄足下：

昨温君鹤笙介其友甄君绍燊来,述短时担任,免拂盛意云云。窥其用心,确有数点：(一)用非所长;(一)处内用人之权;(一)薪水问题。基于以上各因,鄙见第二步办法,趁帅座在沪,应速定计,至迟何时更换。次则瞿君处应请任之去信,详告一切,俾决就否。如不就,则即以甄君暂任机要（兆熙所言别有原因）;如就,则他日温君调任时,即以瞿承乏总务,亦无不可。总之,温君富于情感,毫无城府,做事则实心实力,绝无敷衍余地。兄虽初交,但一谈即知,务望于现时暂局中随在与之商榷,先之以私交,则相处必无间也。匆此,顺承

旅吉！

遗再拜

五月九日

附刘五寄来预约券,乞察存备用。（此件过厚,翌日再寄）

（八）

在君吾兄：

函封讫,又想到一无聊事。昨旅京同乡介绍一盐城人孙宗昉来,为组织全国工商协会,希望于英庚款中分润,若

为劳动者谋幸福,据言在京津间已与英委员洽数次。惟华委则未谋面,嘱为介绍云云。孙若晋见,为言业已得讯,亦了却一事也。

遗启
五月十一日

(九)

手书诵悉,克之事已嘱孟朴去函通知矣。耆昨归,比与之商,始窥得真意:(一)因受地方鄙派先入之言,及历史上之关系,几几有走入气分之势,情形复(杂),非面莫详。(一)因帅座临行前一夕之谈话,彼认为帅座决无此意。上来所述,纯属私交,故特举以闻,尚请宽以时日,否则请曾于帅座回宁后,切实一话,或亦可定。但症结之点未去,似宜迟,得暇来省,面加讨论后再与交涉如何?

工巡捐局及沙田官产,各机关已办会稿,专差送判,明日当嘱孟朴往催,因上列机关向例会令故。此复在君吾兄足下。

道启
十二夕

(十)

一昨复函,计已察入,关于闸北工巡捐局及沙田官产各机关咨复文件,度亦递到多日矣。孟朴比以家人抱病,日必归去,见面时少。昨晚函询,始悉克之有信,表示满意,前所云云,已不成问题。令亲史君请即代邀为荷。宅地税事,弟几几错怪了耆卿。前书所云,尚非真实原因,而又不便形之笔墨。总之，系铃解铃全在主座，理由性质等等均可不谈，一以事实为归结之点。务望于其还沪时切实一说，彼必以就商下走为辞，如是，则弟即可从旁疏解，其他是非，都可置诸不论不议之列。意左右当能推究，而恕其迂缓也。率布，即承在君吾兄大教。

道再拜
五月十七日

瞿君在沪否？弟以温君业已敦促，故不复去电。

（十一）

在君先生大鉴：

敬启者，顷得沙武曾兄来函，言张君劢兄法政大学增费一节，谓君劢在开办时即有具体计划。大概遴聘欧美市政专家，购置著名都市市政模型，实地演习，并分年约请海外法政耆硕来华发挥政治菁华，灌输政治道德。俾我国之政治精神及物质上为根本之建设及改革，能岁增经费数万元，即可按照预定计划分年实行。况淞沪市政方在发轫，孙馨帅伟大之计划，必须有此伟大之教育辅之，方可储才致用云云。特摘要函达，即祈台察为荷，专泐，藉颂大安。

陶遗谨启
六月八日

（十二）

在君先生总办大鉴：

敬复者，前接沙武曾兄书，论政治大学增费事，经以摘达,顷得惠复,就谂百端肇始,擘画周详,更殷殷以维持教育为念,纫佩奚如!当即转告沙君,同为钦慰,特此布复,藉颂台绥。

愚弟陈陶遗谨启
六月十五日

(十三)

在君先生总办大鉴:

敬启者,顷接京同乡黄云深兄函,称同乡蔡熙钧前由吴挹清先生推荐于尊处,未见发表,乞再切托台端,力予设法成全云云,并附履历一纸,嘱为转呈。用特专函奉达,尚祈察酌任用,并盼赐复,以便转告是荷。顺颂台绥,不既。

弟陈陶遗敬启
六月十九日

附蔡熙钧履历一件(缺)

(十四)

手教已悉,使团训令到后请即电示,以便发给委状。

庭长人选,张云特君以徐太诚厚,恐难驾御,以杨荫杭为言,似可备格也,请酌。

鹤兄处,帅座有信去否?弟意彼如坚决去兼,似不妨许以设法,但须宽以若干时日耳。率复,即承起居。

遗再拜
十月廿九晨

（十五）

在君我兄：

消息日紧，汀已不守。应付方法，利在熟筹。百里约今晚来，兄能偕行，抑单独来？卢未行，雪已来。

遗

卅一日

（十六）

闻效坤之来尚未定期，弟之行止久久不决，未免误事。弟意于私交上，无论帅座予以任何名义，均所不计，且亦愿效驰驱。至于今职，实有难言之处。帅座明察，当能鉴及。拟恳我兄一行，善为一辞，今日免职，今日即宁。弟意已决，乞公解缚，敬九顿首以请在君我兄足下。

遗弟顿

十二月九日

（十七）

归家后计上三函，想已次第察入，昨晚奉到手教并孟朴电，敬悉浙局果难乐观，公洽所以处此，帅座如何应付，意兄或已有所闻。弟自还乡，恍如世外，今后究应如何来去，须得明白，手续亦需用到，乞兄为我决策。以交通不便，沪上与乡间至快亦须一日也。墓地今日曾往勘一处，步行劳肛门，竟一发不收，续假抑径辞，务乞代为筹定。台从能为我一行，免除误会，尤感！

善侯兄想已去过，刘五已未还沪？均念。

此上在君吾兄足下。

心[①]叩
十二月十夕

(十八)

尊恙想已痊愈,出院之期似可从缓,借此免去麻烦,亦是一策。弟自厚处移寓后,蛰居三楼,未越雷池一步,幸面广场,不致闷死。宁事迭来函电,终结拟征亩捐,每亩两角,可集五六百万,得此而拒军用,若与各地给养,岂不大妙乎。

弟最后陈请书已于昨日专人送去,据孝怀自宁还云,业曾预拟择厅道中一人为代,二三日内或可见之明文也。效已到江东,或将来沪。如有教言,可寄蒲石路五十一号,转小儿可也。

匆启。专叩痊可。

两印[②]
十二月十七夕

致丁在君电(十一件)

(一)

鹤荪事请先派代理。(1926 年 8 月 14 日)

---

① 注:心为陈陶遗为避监控之化名。
② 注:两印为陈陶遗为避监控之化名。

(二)

孙传芳、陈陶遗复电丁文江：团捐一层可酌留一小部分，余款保安队用，甚好。（1926年8月27日）

(三)

上海县危知事因病不能视事，兹委徐韦曼暂行代理。（1926年10月21日）

(四)

水警欠饷，能否代筹一万元？（1926年10月21日）

  附：丁文江复电陈陶遗：水警饷已经筹得一万元，敌正面退却。

(五)

擒获匪徒多名，殊堪嘉慰，希仍严密防范，并将讯供情形见告。（1926年10月26日）

(六)

地事浃洽何若？步耆渴望其成，幸力图之。（1926年11月16日）

  附：丁文江当日复电：地事因地图晒印稍缓，日后必有回信。

(七)

有极要事待商，请速来公洽。（1926年11月19日）

(八)

事甚急，鹤笙明日行，晤后速来，一与健公面商如何。（1926

年11月22日）①

（九）

常旅长已到浦口，据卢言孙传芳后日必到，弟俟晤后再定主旨。（1926年11月26日）

（十）

电达常旅长，奉电决驻浦口，过江者亦已移驻，孙传芳勘日回宁。（1926年11月27日）

（十一）

陈陶遗致电丁文江、陈仪：电达，得孙传芳济南来电，准今日回宁。（1926年12月2日）②

致孙传芳电（二件）

（一）

电达。今晨抵沪，明晨回里，如承赐教，统由在君兄转。（1926年12月5日）

附：孙12月11日回电：时势艰危，务请早日返宁。

（二）

电请准予辞职。（1926年12月13日）

附：孙当日回电：请早日命驾回宁。

---

① 注：同日，黄炎培在日记中记载：访陶遗，知孙传芳于十六夜二时出城，四时上车赴津，秘不使人知，奉鲁军必来苏。
② 注：12月5日，陈陶遗来沪，晚间曾到丁文江寓所与丁密谈。

12月14日回电：省政虚悬，极待主持，务望即日命驾回宁，勿再固辞。①

致袁希涛函

观澜先生大鉴：

　　接准来函，并附件，均已敬悉，乡村教育讲习会免费额，兹持捐赠二十名，计银三百元。除另函送达外，相应函复。

顺颂教绥。

陈陶遗启
六月二十日

　　附：袁希涛原函——

　　敬启者，本年暑期为改进乡村教育，计经县立师范联合会之请求，特与东南大学教育科农科组设乡村教育讲习会，以四星期为度，使各县教育人员来会听讲，每人听讲费十元，拟设免费额若干名（即每名十元之听讲费），赠与成绩优良者，以资鼓励。日前面陈大概，曾荷慨允酌予赠给，至为感佩，兹特函陈

---

① 注：《南京快信》，《申报》1926年12月16日报道：12月15日，陈陶遗辞去江苏省长一职，遁而不见。12月25日《天民报》报道：陈陶遗12月17日来沪，坚决表示不再回任省长，并遣其子持亲笔函拜会孙传芳，除表示不再回任之意图外，又荐丁文江、曾朴、徐鼎康，择一代理。

简章一份，敬祈查阅，并恳惠覆，无任企幸，专此奉达，敬颂荩绥。

袁希涛敬启
六月八日
（附章程课程表演讲题表各一份）

致柳亚子函（十二件）

（一）

亚鉴：

顷得弟八月十六日函，悉前函已到为慰！由佩转交之件，刻下亮已收到，杂件接到后，曾于报告住址时道及之，想已邀览。诗词过多，恐刻费不支，故弟意此次拟不拘体裁，随意选择，公以为何如？力至今杳然，殆又病耶？公得间请一探其近况以告。竹现居本乡，不久又将迁移，至其状况如常，无甚可述。延陵公子曾有信来，云拟赴黎，已把晤未？前函某公者，即指何也。诗社事似于前函已述，不赘。《天》二已罄，三当嘱其寄上，增刊《国复》已出，容后由佩转寄。少甫学问到此后大为进步，但以弟浅识观之，则主义虽高，恐终成画饼，徒多意见耳。弟前函之感慨语，半由此等事而发，惜笔拙不能详道。然巴南通讯全拦，竟绝无消息。《四川》、《河南》两杂志尚未出版，不知其内容何若？天于仲八月中亦有一函，并示近作（即哭健及和公之作）。蔡、钱两先生未知何日重渡？竟何究定，何日来东？弟甚

欲与彼一晤,俾周悉吾乡近状。公如通讯,乞告以弟之住址,嘱其于到东后发一端书(邮片)以便往访。专此,复颂
大安!

       陶遗上
       十月三日夕
       (一九〇七年)

(二)

亚公鉴:

  连接三函,适以小恙,至稽裁复,今日寒热已凉,牙痛已止,特略复如左:

  资料一节,弟意有则补之,无则付之缺如,拘拘于"体裁"两字本亦无味。

  内地底帐不能清检,实一大恨事,务望函慧设法,以全终始。

  《天》二已罄,三当与《国复》一六同寄,告白世界事,本无足深论,盖无聊世界,而现此无聊之事,亦理所恒有。

  由佩转来之两件已得其一,屈计时日,第二批不日当到,到后当复。

  十一兄至今何尚未到?望函询佩,如未到,即告以便向局调查,盖小包书留遗失后,当负责任。

  论炳生函事,公自知固明,而弟知公亦未尝或昧。弟之所以出此者,不过欲维持耳,后弟未得复时已另筹他策,然终恐书生憨见(公解人,可以前次吾两人所言对照其详,不

可得而述）未能消融耳。至弟对于此事以尽吾心力而止，要求天、僇两人之事，作为取消，佩处请勿道及，随渠可也，倘有所得，亦一幸事。

祈死无灵，坐以待尽，何沉痛一至此极。至以埃、波自况，语甚酸鼻！前函以坐困荒岛自况者，非即此埃、波之遗民耶！每读往还书札，日有每况愈下之势，异域流民之一点生机，几几同尽，何其音之悲而哀也。望风怀想，系怀靡已。尚祈努力加餐，为国自爱！天处不久当函彼，然此等语，弟实不欲与彼一道之。

《江南杂志》事，恐非易易，幸告佩徐图之。

某君闻偕其兄往湘，确否不知。此言闻志剑，而志剑亦得自传闻。

力山已于初九抵京，是日弟与觉等往埠招待焉。现与弟同居（另函附上）。觉照片俟摄后遵奉，嘱先致意。竹尚居本乡，状况如恒。

恕庵前据家报，亦有东来之意，但为经济故，终恐成画饼耳。

嫂夫人想仍入苏苏？进步何若？

今日下午二时后作此书，而三执笔，以客来故也，词意不接，尚乞鉴我，并另有许多衷曲，亦因之而中断，专此，复询脑健！

陶遗上言
西十月十三日

疟疾想已渐次平愈，此症治疗法，以红枣煨生姜，每于发寒前食之为妙,弟以前仍患三疟,服此有效,用以奉告。

前上报告住址片,想已入览,又及。

(三)

亚鉴:

前日奉去一函,谅已察入。昨晨连接九、二四两函,惊悉竟任恶耗,不胜骇异,亦不胜扼腕,旧病耶?抑暴病耶?惠书时乞道及,并乞告以苏苏之状况。冶民闻已到,惟未知其住址,明后日拟探访,请勿念。寄佩之件何尚未到?得间当往邮局查取可也。呆子事,未知佩从何处得来?不知事理,至此已极。弟致公函之牢骚语,皆由彼辈而发。宣布事大约可以取消。惟《国复》事则不肯主持,刻下尚在交涉中也。佩文事尚须鼎力说项,劝其不能以"事已至此"四字作为了局语,千万千万!弟为此事虽不能效一点微力,然亦疲于奔命矣。隔昨十七日下午一时为政闻社开演说会于锦辉馆,到者二千余人。出席讲员有日人犬养毅、高田早苗等,皆日之政党也。弟一出席。演说者为梁任公先生,不料说终了,被人唾骂,并有张继者,出而大骂,于是以老拳奉敬者亦有之,会遂打散。东京各报皆多记载此事,以为梁之来也,本带来护卫者三十名,不料仍为反对党所败云云。其事之详,想《申报》亦必记载,无暇缕述,聊供一笑,专此,即颂日祉!

力、觉均嘱问好。

陶

十月十九日

（四）

亚鉴：

久不得耗，知为吴行之故，弟与力早已测度得之矣。

胖子已见，不出所料，公诚有先见之明哉。克以弟近任《国复》事，且此间当局者又来查问（大约此举乃星使初到委托），故拟俟下月。志归国果为太事耶？以我所闻，其最初目的，似非赴禾者。今公言如是，殆事机中梗耳。太已决，恐不能继任。精已有复，年终来此，刻下所困者只两月耳。公能任小品物乎（如谈丛之类）？佩舍路事外，能作大文字则更妙矣。《天》当《国复》同寄，惟乞稍待，以刻当月终，时间、经济两无馀暇也。托我之件，皆为公应得之品，何来代价？至邮费等，则本属弟交通之费，更不必谈。慧返秦后，曾有函来，已略复数语矣。公与彼通讯勤否？僇友之事，播弄语洞见其里，弟已于观察得之，虽不能为，忆（臆）则必中，但以他事证之，亦可见一斑，惜语冗笔拙，不能达耳。幸告僇徐察之，以验其言。公致力之函同日接到，所拟苏苏事，欲聘之人，按氏问名，不悉，不敢妄参末议。昭则必胜任。至志则恐不能竟竟之志，而转以贻其他之忧，弟实不敢赞同，幸熟筹之。且弟此意不能与他人道，即与公道，亦不能强公以听，特与公为肝胆交，略有所见，不敢不告，正不特为苏苏前途计也。求少甫大约能如愿，惟须公泐一专函，详叙竟之历史，方可转求，以彼对于我辈所抱主义，虽不排斥，然难免鄙薄；彼如允许，特个人交谊应酬而已。

公所谓匣剑帷之妙,恐未必。匆此不尽欲言,即颂脑健!

陶

十一月二十七

目疾以黄莲和人乳略蒸,每日洗净,最为妥当。

(五)

亚鉴:

得中一一之二及一一之四已悉,并知前上函并由佩转寄之书,均尚未到,度刻下当已察入矣。克尚未付翔,原因甚复,惟弟负疚于克多多矣。志最初目的不便道,俟作晤时谭资,计来岁归国后与公等(包天等而言)等作十日谈,恐犹未尽也,精者,即填海也。

公来件甚妙,并适当其时,正如饥者得食,此后务请续赐,并请乞援于佩。闻佩为铁路事近颇劳悴,弟拟作书劝之。公函彼时,望先为我道意。盖弟意此次即能拒绝,而继此以后问题之发生正多,吾国民非厚蓄实力以为对待,国事恐终无解决之日,公以为然否?《南疆佚史》此间并未见过。应输之款,其数为五。论僇与友人事,语语透辙。苏校事,弟对于志不在,不能在内地办事一语,实在志不能担任此等事也。高文藻君除任教课外,其才尚可兼任内务,望与苏苏主任者商之。今日得公致力函,已悉力果不能任,而弟亦不必言矣。公所谓心理上不无恨恨者,亦唯有忍受而已。此中苦心,想公必曲亮也。且弟刻下为《国复》事及同乡会事,竟至不能上学,学业事功,两无所就,懊恼欲死矣。

心劣,不尽欲言,专此,即颂

大安

陶上
十二月十七日晚

(六)

亚鉴:

不接君书者一十七日矣,想念之劳,等诸饥渴。病耶?外出耶?悬揣不得,更形焦灼。去年十二月二十六日,奉去一函,暨巴黎新杂志,计均到达。弟自阮郎行后,感情恶劣已达极点,兼之社务复杂,自经理以来,仍觉一无头绪。刻下虽在筹画,而物色适当之人一时难得,盖以其中人才纵多,而意见分歧,事后恐又致破裂,故不得不慎之于先也。佩事及大著均乞有以报我,若能从速,尤为至感。

脑昏时迫,不尽欲言,专此,即颂

大安

陶上
西一月二日

力、竹、觉、珊均嘱致意。

嗲明岁任浦东中学教席,公知否?

(七)

亚鉴:

西一月二日奉去一函,想尚未到。昨晚得大札,欣慰之至,以望眼欲穿者已不知几日于兹矣!弟在此间,自阮郎归国后,感情恶劣,人事纷毓。困苦之状,于斯已极。乃日昨晚,韩君觉我得家书后,悉其夫人迟于今晚出发归国,而力山之学校已定,即须迁屋(因学校在下谷区,现住在牛込区,电车往来一次,须费二小时,故有不能不迁之势),风云变幻,聚散无常,人生在世,直浮云耳,可叹!可叹!公所论克事,固足慰歉怀,然无论如何,弟必有以了之也。《国》大局尚可保,唯后起无人,椽笔难求,填海者精卫也!至今尚是杳然。

公件能早日寄来,最妙、最妙。论铁路事与弟见正同,唯论溥处则以公未知此间之真相故耳。公款已输过,可以无需。为弟代筹之策,固甚感,但弟之所以不能就者,别有意也,非面述不可。弟致佩之函,以少屏阻止未交,但弟意不能以其外国人而作此过慎之举,然否?晤时尚乞道意。

此后函书请寄"牛込区左内坂町三十七番地澄吉馆",弟拟即日迁居,与顾妹同住。校中又将举行试验。百事皆无了局,愁闷不堪,读僇词哀感异常,不能卒句。

脑病不能多谈,且夜已深,就此再会罢。

此颂

秋安!

陶
一月八日
(一九〇七年)

（八）

亚鉴：

　　自一月七日得公函后，于今已将两周，前日在"神洲"上见大著，知已抵沪，而竟无只字遗我，想念之苦，难以言喻。今日自力处归，案头有公札，欣喜无量，乃展览后而又增我愁甚矣。"神洲"其殆，终于陆沉已！搔首问天，怆怀无已！慧等之嫉佩，或由佩之自取，而对于公不情之干涉，则何故欤？殆劝公拒绝耶？抑别有故耶？克事待试事毕后当了之。健款约有二百金，弟不敢无故受此。公劝弟留此，固不为无见，弟亦自知回来后，恐无聊更甚。唯是留东之难，有二原因：（一）经济问题。（二）久处此间，将来恐欲归不得。弟刻下为《国复》事所累，竟至不能上学，终日奔波，百不就绪，困甚亦闷甚。至论归国，亦茫无头绪。而昨得家兄来函，又促我回家，且有回家后勿再作远游思想等句。故弟日来对于行止问题，颇费踌躇。公为我筹有妙策否？高事弟已谢绝，请勿念可也。介何竟无一字致公，奇甚！恐公赴沪时，介尚未西行，竟悭于一面，更不可解。且弟亦曾致函于介，云公将到沪，可图一见。介年十七，学湛理科。此次西渡，系随澳使雷补同其目的。在德学习理工，将来必成一伟才，聪颖活泼，刻苦好学，实为青年中不可多得。婚已与同乡京官胡氏女约定，以彼父系邮传部主事也。竹在东果困而雄心未改，将来或有大希望之事。

公稿乞早寄最妙，18亦已寄出，到后望告，16、17似亦可出，何以未到？待接公信后，再当寄上，前日迁居（一月十日）时，曾发一函，布告住址，已收览未？曼殊回东后，曾一面，知与公并未得见。此公为人诚恳，朋侪中不可多得者也。

觉我回去后，至今无信，不知其夫人之病如何？

夜静灯阑，草复数字，不能尽所欲言，专此即颂年安！

（珊嘱道念）

陶

一月二十日

又：力现住"日本东下谷区真岛町一番地春日馆"。昨日见彼，甚觉憔悴，恐旧病难免复发，而劝其不学，又难于进言，以彼好疑实甚，往往因无因之言，反伤交谊。至弟为彼筹，实不能从事学问，公以为如何？

（九）

亚子足下：

昨展手教，悉已由武林还黎里。此行又增公几许感慨，多情人触处皆是，一出门则自寻烦恼，且愈是洒脱而愈觉其苦，一若其寿命与热泪相终始者，是亦一不可索解事也。

子美以色相现世者垂二十三年，色相固灭，然实隐尔，况子美之色相纯写高尚优美、亘古不灭之情，是则子美之躯壳虽死，而子美所写之情未尝死也。公膏明自销之叹，亦徒见其痴而已矣。至公论论交于子美、春航之始，因更可悟因果之理,始聚易,分亦易也,我哭春航与春航哭我一层,无论后先,同是一哭,又无所容其预计也。

《分湖旧隐图》题字,归即报命,以冀不负公念旧之深情。灵芬主人深于禅理,自号频伽,寓代宣法音之意。佛非有情不度,是佛本深于情也。公作此图,我以公为频伽化身矣。谨馨香祝公度已以度此一切有情。归期有日,当先报知。

陶遗顿首
四年六月十日

(十)

亚子足下:

奉书,病嬾未复。承招,本拟约兰畦、恕一先至尊处,折往珠街角,观玄精禅寺所藏明人书画墨迹。原定重阳后行,乃恕忽病,弟亦因肠病而成五更泻。比均稍瘳,而哈号两电促行,正未能家居安食。年来垦务苦匪扰,入不抵出,无以对各股东,个人在哈经营之商业成败参半。预计非定儿学成归国,无从息肩。意兴之劣,职是益甚,幸贝叶为治心之具,尚不至索无生趣,又今之劳农即昔之并耕,公谓不惮烦我,实愧不若许子。十八、九偕家兄去申,廿二启碇。足下能来,并可一见康佛也,已与约定。

专此即承

双绥

道一和南
九月望

又曼上人集拜领,是亦一不没之道也。

(十一)

亚鉴:

公廿四去后,刘三即回,无聊殊甚,廿七天来,始破岑寂。廿九秋枚请客,弟又大醉,三十日竟卧床一日。初一嘤来,畅叙一日。初二日遂束装返里。故两接公函迄未一复,罪甚!罪甚!

佩忍函招赴杭,以事不果,所事自当尽力图之。惟闻天述彼近事(即对诗聘,事详俟间述),颇觉是公手段老辣,恐难得手。松城之行,拟在十四以前,因十四为钟均庵婚期也,至二十左右,成否当可报命。俞妹曾有信来,约计今日可抵沪上。弟已在沪半月,萎顿已极,不及待彼。昨曾去函,嘱其暂留。拟初十前往申一访,因寄公亦约是时抵埠也。惟俞妹欲弟措款二十枚,顾弟拮据。此次在沪,费用皆属移挪,实难应彼。如何?如何?读汉援"英雄大半多穷思"句,为之浩叹。天亚今日回秦。弟此后行止,刻难预定。下半年或为倦飞之鸟,亦未可知。盖个人精力有限,社会情状晦塞,与其周旋世故,徒劳心血,不若株守田园,籍养吾气,公以为然否?私心如是,得遂与否,难以预定。

公所欲之件函回,弟时嘱其寄上,此后公可直接前往,勿拘。亲朋顾访,酬应纷繁,不能尽述。

弟陶白

五月四日

（十二）

北来两月未通一书，多病疏懒，勿罪！勿罪！贱躯自去夏至今，无日不病，衰弱如此，惟有杜门不出，符到奉行耳。比惟起居清胜，眷属各无恙。垦事以烟苗漫□，匪类充斥，无法进行，不得已暂拟停止，月初即赴垦所，结束一切也。南下有日，必以告公，深望扁舟遇我也。紫湘为中东铁路事来哈时见，颇以公为念。匆布不尽，惟顺时自爱，慰以想念。

弟 陶

致 苏 曼 殊 函

曼殊吾师慧鉴：

去年海上（即上海）之行，我来君去，萍踪一别，遂不可会。岁月跎蹉，复及期定？远闻吾师，驻锡南州，屡从哲予处寻消问息，知师所以念我者良厚。顾每欲作书问讯，援笔苍茫，辄复中止。迩者荡荡海水，匪斗可量，渺渺予怀，匪书可达。伏维尊者，知我心耳。顷从天梅处，展诵五月十七日手示，发函伸纸，感泣而涕。嗟乎！茫茫宙合，知音能有几人？顾今高山流水，天各一方，谁为为之，孰令致之，每一念及，云何不悲！以师念我，知我之所以念师者，正复两地同情耳。又闻师体违和，不胜大念，南洲炎热，幸自珍重，留此七尺躯在，未必今生遂无相见期。勉旃。

泥 棒 上 言

致叶楚伧函

楚伧、之华先生：

　　平民女校事，今晚七时由张吟秋一到来接手，所有物件银钱，都已交接清楚。兹寄上收支报告单、移交物件单各一纸，请查阅。另寄以前收据粘件簿一本，并请察清。

陶怡　八月十九日

移交物件单

八月十九日移交

黑板两块

学生桌椅二拾四副

床一张

书桌一项

电灯六盏

脚盆一个

马桶一个

闹钟一口

门锁两把

痰盂四个

洋铁茶壶一把

茶杯四只

洋铁喷水壶一把

砚池三十七块

石板九块

教科书四十五本

毛边纸大半刀

笔七十五枝

墨五十一块

软皮簿十二本

世界地图一张

中国地图一套

九宫格二刀

口笛一个

听讲证三盒

石炭酸水一瓶

粉笔一盒

移交者陶怡

接收者张吟秋

收支报告（八月十九日造送）

八月四日收洋六十元（杨君手）

八月十五日收洋十一元（李君手）

共收洋七十一元

付送蔡鹿笙君洋四元（由杨君和蔡君面洽）

付补七月以前决转不□数洋七元三角一分（可查以前报告）

付陶报员八月薪水洋十八元

付又膳食洋三元

付杂费洋一元

共付洋三十三元三角一分

收付相抵存洋三十七元六角九分

全数移交张吟秋君

致朱少屏函

少屏兄惠鉴：

不领尘谭，弥怀道范。顷承贶教，顿慰渴惊。弟强支病躯，暂维省政。我苏连年兵革，物悴民凋，徒深摘瓜抱蔓之悲，殊乏亡羊补牢之计。轻材重任，只益渐惶，远承宠褒，非所堪任。

先生倡导群流，智珠在握，尚祈南针锡我，感荷靡涯。专肃布复，顺随道安

弟　陈陶遗　谨启

十二月十一日

致姚石子函

石子吾兄道长：

日昨奉教，惊悉六日之间，爱子连袂而弃左右，悲悼之

切,有甚剖割,奈何奈何!遗自去岁失同客东陲之良友庸生,比复丧一数年交契之老友木良,觉人命危脆,实在呼吸之间,已足令人厌薄世味。况足下遭兹逆境,其何能堪?虽欲自慰,安在可得。惟是情爱著人,如胶若漆,急解益沾。然若反复寻绎,益更缠绕。区区之意,唯愿深照。窃谓人生惟八苦(生、老、病、死、怨憎会、爱别离、求不得、五阴炽盛[非爱共会,可爱相违])相煎熬而已。觑破此点,即是出尘罗汉。又俗以父子为宿世债务关系(意以肖者为偿,不肖者为索),虽属谚语,亦具有至理。揆之令子尚在苕龄,决知非是。读书通大义,事亲以色养,成人难能,矧在幼小?是乃最足加爱者。然则关于彼此福德欤?于事于理,益更不合。遗意足下昔必与有情爱,而爱无止境,情难圆满,爰再世以弥缺憾,故在在以情爱相表见。试观举动与志趣,非具有夙慧者不办。今者乘愿而来,满愿而去,在彼为忏除情爱,而为足下之子,亦即藉以超脱尘网,从此成仙成佛,毫无障碍矣。足下似宜乘此广阅教典,虔持佛名,或密咒,其功德确有不可思议者,用以薰炙,助彼成道。从此解粘祛惑,发扬慈爱,于是情始圆满,爱始普遍矣。上慰高堂,内释贤助,胥赖足下一人也。鄙见略如上述,事冗不克深谈,极愿暇日面究,子意云何?伏维顺时自爱,为道珍摄,并叩伺安。

陶遗再拜
嘉平三日

致蒋竹庄函(二件)

(一)

竹老道长：

　　教悉，小孙弥月，承赐厚礼，谢谢。钱鉴以咯血复发，迟迟应命，力疾率深，不知可用否。

陶遗叩首
五月二十二日

(二)

竹庄先生大鉴：

　　示悉。拙书不足以供一哂。贱章补奉至，祈察收为荷，专此布复，即颂台绥。

弟陶遗谨启
十二月七日

致黄孟超函

　　竹老已见过信，老函兹缴还。请即转呈竹老。寓新大沽路永庆坊五十八号，除星期五外，每日上午旧钟九时半必在寓。此复孟超兄。

遗再拜
六月三日

祭章太炎唁电

章世兄：

惊闻尊公逝世，海内志士，遽失国学导师，曷胜悲怆。尚祈节哀，以承先志。

谨唁

沈恩孚　黄炎培　陈陶遗

陈陶遗、孙传芳至上海总商会关于参加费城万国会电

此次美国费城百五十周独立万国展览会，欧洲加入者至少有十四国，会场较巴黎展览会约大五万方丈，共计占地约二千亩，开会时以一九二六年六月一日起至一九二六年十二月一日止，造端宏大、罗致周详。此间驻宁领事屡来敦劝参加，传芳、陶遗以吾苏与浙、皖、赣、闽五省同属东南重镇、神州奥区，物产丰盈，焜耀四裔，自应协襄伟举，藉扬国华。现拟于三月二十日前，由各省征集齐备，于四月十日在南京先开展览会一次，审查完竣，即日起运。唯思程期过迫，博采为难，与其并蓄而兼收，不如取精而守约，凡属各地方之特种出产，工艺界之改良精品，征求标的，首在两端。万国观瞻，关系至重，务请迅即筹备，精选物品，

如期运送，以资比较。至所需经费，亦拟五省分认，闽、皖、浙、赣各筹备两万元，苏筹四万元，共合筹十二万元，期在悉归实用，不稍虚糜，谅彼此均有同情也。临电神驰，立盼见复。

孙传芳　陈陶遗

孙传芳、陈陶遗对三一八惨案通电

（一九二六年三月二十三日）

北京分送各部院，各省区军民长官，各法团，各报馆钧鉴：

连日宣传北京学潮噩耗，不胜骇愕。国家经营教育，所以培成远大人才。青年子弟，血气方刚，识力未定，一经受人操纵，往往不暇求详。但假爱国之名，辄以舍生为烈，纷纭牵率，逾越范围，固属非是，政府平日既疏于化导，临时又过于张皇，枪杀多命，演成惨剧，谁无子弟，能不痛心。年来政府对于学界举动，禁纵无常，利用则借为前卫，反对则视同大敌，是非混乱，邪说异端，相因而至。夫国家前途，系维青年是赖，学业未成，生命已尽，纵愿毁玉，谁执其咎，即论外侮之来，亦由内争所召。兵争不戢，驯至与学子为仇，上下乖离，祸至无日，兴思及此，悲愤填膺，所望当局诸公，早知改图，平时教督防护，应负相当之责任。对于此次主使及行凶两方，必须实行公平之惩罚，勿徒以一纸空文，涂饰耳目，尤望各校学生，幡然觉悟，束身规矩，专心上进，果有爱国热忱,智虑所及,尽可发抒议论,上陈当道须知文明举动,迥异寻常,正当要求,不须激烈,人才消长所关,即国运兴亡所判,剀切直言,惟海内贤达共鉴之。

孙传芳、陈陶遗漾(二十三日)印

陈陶遗、孙传芳反对春节库券至京通电

承认九六条件,将六千万关款完全牺牲,为少数操纵九六者发财,国人决不承认。

四、联　语

挽孙中山

为中华民国开新建元，大名宇宙，谤亦随之，惟其宽能容物，忍克有功，青史赞殊勋，两事绝人足千古；

自海外逋亡修士相见，万变烟云，翩其返尔，敢谓同心如金，攻错若石，秣陵怀往迹，中宵抵掌忆当年。

挽梁任公

戊戌何人？丙辰又何人？功业稍为文章所掩耳；
故吾安在？今吾复安在？笔墨能令情感长存耶。

挽张謇（二件）

（一）

硕画示南车，邦政丞持，勖我敦勤遗札在；
清辉高北斗，潜阴忽翳，命儿存问送丧还。

（二）

河流九派，定一斯尊，于古若庐陵之领宋贤，天下文章仰宗主；
海纳百川，有容廼大，论学惟墨翟能追禹道，半生心力尽江淮。

挽高旭（二件）

（一）

攻筑渐离，不世情，曾共尝胆卧薪，人事易沧桑，搔首问天，西燕东劳皆偶尔；

荷锸刘伶，此日事，付与狂歌痛饮，襟怀多磊块，剖肝置地，昨非今是自超然。

（二）

旷代惜虚生，剩有诗徵存变雅；

一流悲顿尽，独携老泪哭斯人。

——天梅长兄老友不朽　弟陈陶遗敬挽

挽 史 量 才

儒门之彦而通懋迁，身名俱泰，垂三十年；

何期行旅乃遘迍邅，大业勿替，以贻象贤。

——量才先生　千古

挽 曾 朴

孽海讬齐谐幻彻空花，应悟诸般皆是梦；

蓼莪废隔岁随归净域，论交州载竟如梦。

挽赵伯先

留公迟死一年,建大将旗江左蜚威,忍令灞上棘门,绝好军容成儿戏;

忆我投荒万里,与故人约中原并辔,何意孤坟香水,只余魂魄护金焦。

挽高燮母高太夫人

孝子具至诚,侍疾曾闻走袄魅;
诸孙无时染,归真满原到蓬莱。

挽名中医丁甘仁

不为良相,必为良医,天生哲人,济人利物,乐善好施;
生人之厄,惟病与饥,慈惠之师,度一切苦,得大菩提。

赠小白先生

家在碧云西,小华初破春丛浅;
天共朱楼远,长笛谁教月下吹。

赠子崧先生

珍重清风相觊意；
独怜远道劝加餐。

赠潜庐先生

深山中不闻甲子；
变风后乃有《春秋》。

赠仰真仁兄①

风云感会起屠钓；
蛟龙笔翰生辉光。

赠俊人老兄

谦冲唐尚父；
直亮郑申徒。

——俊人老兄属书。癸亥二月,陈陶遗

---

① 注：集李白句。

赠士佳先生

人地高华，擬金山万丈；
书迹滥劣，饮墨水一升。
——士佳先生大雅之属

赠鹤峰仁兄①

息驾归闲居，邈与世相绝；
总发抱孤介，庶以善自名。
——鹤峰仁兄先生法家属正

赠慕灏先生②

还有小园桃李在；
问言何处芙容多。
——慕灏先生大教

天如老兄听帆楼补壁

初怜瘴海淹归舶；

---

① 注：集陶渊明句。
② 注：集韩愈诗句。

好借山窗读道书。
——天如老兄听帆楼补壁,戊寅夏六月陶遗自沪写寄

赠筱堂仁兄

天朗气清祥光照宇;
风和日丽瑞色迎门。
——筱堂仁兄先生雅正,庚辰孟冬陈陶遗

赠卓修

一笑凭高,浩气横秋宇;
十年无梦,心事负春宵。
——卓修

赠敬三先生

移家住醉乡,似游华胥国;
以诗为佛事,中有解脱门。
——敬三先生大雅之属

赠仲谋仁兄①

何以写心,举世无知者;
不有同好,此士胡独然。
　　——仲谋仁兄先生正

赠冰清女士

雪后园林了无尘隔;
山中归路始见春空。
　　——冰清女士属书印正

赠分朴先生

汉秦分隶推元始;
屈宋文章别古先。
　　——分朴先生法教

---

① 注:集陶渊明句。

赠德纯仁兄

化无彼我元泯迹；
存尔天君即在心。
——德纯仁兄先生雅属

赠木斋先生

王何清淡，俊乂才识；
卞随至宝，天地精英。
——木斋先生鉴家

敬叔楣仁兄遗像

孝于维孝，不官而商，挥斥家产，以教其乡；
不匮之施，载锡之光，我奚昭之，有象在堂。

五、公　文

会　　令

会令：淮扬徐海二十五县知事将带征治运二分亩捐会委按照整顿办法，分别旧欠新收，切实清理报解，不准再有延欠文。

案：照淮扬徐海二十五县带征二分亩捐为治运专款，照章必须随征随解，不容延欠，亦不准挪作别用，屡经会同通令遵照在案，乃各该县对于征存之款依限照解者固多，而积欠亏挪者亦复不少，以至历年欠款合计为数甚巨，若不及时清理设法整顿，必致工款收入年少一年，治运前途势将中辍。前经本局酌拟清理旧欠，及维持新收两种办法，并拟具议案，于本年三月九日提交本局第五、六合届评议会公同讨论。佥以亩捐为治运的款，关系重要不容任意挪欠，致归无著，当经议决，即照所拟办法，派员调查切实进行在案。查，原议会同遴委专员挨县清查，意在清理旧欠，第思旧欠时久款多，非短少时间所能清理竣事，且新收一项如无委员随时催促，仅予严定解款限期，恐仍不能遽收实效，故将二十五县分为五区，每区派常任委员一人，在于区内常川周流挨县查催，务使达到旧欠逐渐清出，新收不致再欠之目的，以期籍裕工款。又另定委员办事规则十一条，俾资遵守。查该县已列入第□区,除委员前往会商办理外,合亟抄发查催亩捐办法,及委员办事规则,令仰该知事即便遵照,会同委员切实办理,务将历年积欠逐一清出,并确定办法分别筹还,追解其本任征存,及以后新收款项,更须按照新定办法依限清解,不准再有延欠,以期无忝厥职。此系整顿亩捐要件,本公署、局对于该县旧欠是否切实清理,新收果否清解,亦必随时随事认真考核。籍以分别殿最,倘再仍前玩视,定即照章处分,决不稍事姑容,毋违,切切此令

计抄发整顿亩捐办法及委员办事规则各一件。(见章则门内。)

省长陈陶遗
督办、会办韩国钧

布　告(三件)

(一)

浙闽苏皖赣联军总司令部、江苏省长公署布告第十一号

为布告事,照得为政重在安民,安民必先察吏。本总司令、省长受事以来,无日不以整饬吏治为念,深维往者量能授职,群僚无悻进之心,任官惟贤,长吏有铨衡之责,所以肃官常励真才也。案查本省候补简荐任各职,为数已达二千余人。品流竞进,衡鉴难周,自应严加甄别,以觇器识,而便任使。兹制定文官甄拔试验令十六条,宣示有众,凡有合于

本令第二及第三条所列各项资格者,限于布告日起,一个月内亲赴省署报名,听候定期试验,慎毋因循观望。总司令、省长延揽英才,勤求法理之至意。此布。

中华民国十五年七月四月

浙闽苏皖赣联军总司令孙传芳、江苏省长陈陶遗

（二）

浙闽苏皖赣联军总司令部、江苏省长公署布告第十四号

为布告事,案照本省举行文官甄拔试验,前经本总司令、省长制定试验令,并规定报名期限,会衔公布在案,兹查报名期限业已届满,各应试人员或因远在他省不及如期报到,或因证明文件尚在他处未能准期寄来,纷请展缓报名截止日期以便与试,察核尚属实情,应准展缓二十日,仰速按照规定手续如期来署报名,听候定期试验,毋再因循自误,是为至要。此布。

中华民国十五年八月四日

浙闽皖赣联军总司令孙传芳、江苏省长陈陶遗

（三）

江苏省长公署布告第一五号

为布告事,案照江苏省文官甄拔试验令第三条规定,曾任差缺三年以上,或历办行政事务六年以上,著有成绩者,得陈请免受本令第八条之第一第二试等语,是各该员能否免受笔试,胥视服务年限之是否合格,实为第一要点。乃近查报名免试各员,所呈履历关于任职、卸职到差、卸差日期

多未详细声叙,实属无凭审查。为此布告,仰报名免试各员务于布告日起拾日内,迅将曾任本省差缺,及行政事务起止日期,据实详细开列补送来署,以凭查核。其有曾受勋章或传令嘉奖者,并将所登公报日期一并声明,如逾期限延不补送,概以资格有疑义论,切勿因循自误。此布。

中华民国十五年八月念五日
代理江苏省长陈陶遗

公　　示(五件)

(一)

江苏省长公署牌示第三五号

为牌示事,查分苏县知事陈乃勋、留苏县知事陈祖诰前经本署委赴灌云、崇明等县查勘烟苗,据报并无私种情事,并会县出具印结呈送察核在案。及该员等结报未久,竟于查勘境内发现烟苗多处。似此玩令朦报、扶同徇隐,实属有负委任,应各停委壹年,以示惩儆。此示。

中华民国十五年七月十四日
代理江苏省长陈陶遗

(二)

江苏省公署示第三四号

据第三类县知事闻政呈请,愿受文官甄拔试验祈鉴准等情,并附履历前来。查该员系留苏县佐,虽经以第三类县知事注册,并未呈准留苏,所请应试一节核与试验令第二条第三类之规定不符,碍难照准,仰即知照。此示。

右示第三类县知闻政准此

中华民国十五年七月十五日

代理江苏省长陈陶遗

（三）

江苏省长公署示第三八号

据分省任用荐任职金人呈请,准与留苏荐任职,一体应试等情。到署查该员并未呈准留苏,核与甄拔试验令第二条之规定,不符所请,碍难照准,仰即知照。此示。

右示分省任用荐任职金人准此。

中华民国十五年七月念一日

代理江苏省长陈陶遗

（四）

江苏省长公署示第五一号

文官甄拔试验事务所案呈,据江苏任用县知事任重禀:请解释试验令第九条第一试,民刑法例疏解是专指总则一章等情。查考试命题应由典试委员会主政,未便事前宣示范围,至民刑法例疏解,当然从广义解释不限于总则中之一章也,仰即知照,此示。

右示江苏任用县知事任重准此。

中华民国十五年八月四日

江苏省长陈

(五)

江苏省长公署示第五二号

据任用县知事詹元良呈验证明文件，声请免受笔试等情。查该员在苏供职年限核与试验令第三条第一款之规定不符，所请应毋庸议。此示。

右示任用县知事詹元良准此。

中华民国十五年八月四日

江苏省长陈

公　函（三件）

(一)

江苏省公署来函

径启者，顷准函开，议决举行第五届征求会员大会，请令行实业厅转行照章征求，积极进行，等因准此。除令行实业厅外，相应函复查照。此致。

陈陶遗

(二)

江苏省长公署公函第三二六号

（陆军第七师呈送一等书记官祁嗣宗等九员应甄拔试验。）

径复者。接准来牍，以贵师一等书记官祁嗣宗等九员学识兼优，资格尚合，堪以保送应试，嘱为核准施行，等因。并附履历，准此。查军用文官与试一案前准浙闽苏皖赣联军总司令部来函,当以文官甄拔试验令第二条规定,与试人员须具道尹县、知事、高等文官及简荐任职资格,并曾经分苏、留苏、调苏者方能与试,至各师旅军佐及军用文官,如果具有试验令第二条各项之资格,自应一体与试。其余现任书记长以上,人员拟俟举行现任差缺人员甄别时,再行办理等语。函请联军总司令部转饬,遵照在案,兹准前因。查朱炳勋一员系留苏荐任职,本署官册有名,应请转饬遵章报名,其余各员仍希查照前次函请总司令部通行办法分别转知为荷。此致陆军第七师师长冯计。附甄拔规程一件。

中华民国十五年八月念二日
代理江苏省长陈陶遗

（三）

江苏省长公署公函第一〇五七号
（联军总司令函军用文官准一体与试。）

馨帅勋鉴：

接奉大函,以各军事机关及师旅军佐及军用文官,凡现任书记长以上,亦应准与文官甄拔试验嘱为查照等。因查文官甄拔试验令第二条规定与试人员须具道尹、县知事、高等文官及简荐任资格,并曾经分苏、调苏、留苏者方能与试此项试验令。业经会列崇衔,公布在案,至各师旅军佐及军用文官,如果具有试验令第二条各项之资格,自应一体与试,至其余现任书记长以上人员,拟俟举行现任差缺人员甄别时,再行

办理，应请贵部转饬遵照，至纫公谊，端复。祗颂

勋绥

陈陶遗谨启

训　令（十九件）

（一）

呈为遵令声复十四年带征赈捐情形仰祈鉴核事。案奉钧署令开：案据徐属八县兵灾善后委员会呈称：此次灾赈款绌期长，请将烟酒附加查照货税带收振捐，以资救济等情。查烟酒附加自十三年灾后，即经令行该局一律加征在案，至今并未议准。据呈前情，合亟令仰该局长，即便遵照切实查议，能否将烟酒一项带征二成，一年为期，以充振抚之用，刻速具复，是为至要，此令。等因奉此。遵查民国十三年十一月间，奉前江苏赈务督办训令，以本省军事之后待款振抚，令饬在征收烟酒项下带征二成赈捐等，因当经职局筹拟援照十年江北水灾成案，自十四年一月起至年底止，将江南各税所原在烟酒税项下带征一成赈捐，拨充本省教育经费，仍请照案划出，改拨赈款。其江北各税所则以带征治运经费项下，划充一成教育经费，一律改拨充赈。俟一年期满后，仍照旧拨归义务教育经费之用。呈奉令准，并由职局通令遵办，随同正税解交汇转在案，至徐属各县仅宿窑微一处有烟酒税，带征此项，为数甚微，近以该属一带灾荒，正附税捐久已

末解,惟前项各税所带征拟作赈捐之款,照案业经届满,应否自本年一月起继续办理,一年之处,职局末敢擅专,奉令。前因理合具文呈,复仰祈钧署鉴核指令,祗遵谨呈。

江苏省长陈

中华民国十五年二月初十日

附:江苏省长公署指令三零八七号

(呈为声复十四年带征赈捐情形,请鉴核。)

令江苏烟酒事务局

据呈已悉,查振务款项支绌异常,各税所原在烟酒税项下带征一成振捐,自应继续征收以济振需。仰即遵照办理,并将征起捐款按旬汇解上海盐业银行兑收,归还借款掣取收据,呈验备查,毋违此令。

(二)

浙闽苏皖赣联军总司令部、江苏省长公署训令第五四六三号

令各县知事(除金山县),据金山县知事陈简文呈称:案据属县松隐乡乡董蔡模报称,有由浙来境之湖南临湘县籍难民男女老幼共八九十名,行至松隐地方,由其中张荣华、李澄清两人持验,本年一月一日由湘省岳阳县换给之护照,向该乡警察分所要索路费,当经筹募钱十二千文给发该难民等,令其出境,乃该难民等行抵徐家阁地方,即至图董徐步蟾家内,以要求路费为名,将徐董及其家属分组围住一面,直入内房盗去金饰银钞约百余金,当时徐图董以人众身被包围尽力给发路费,并不知情,殆至事后检点始知被盗。

虽经报由警所追取，而该难民等已由塯河顺潮南行，似向松江亭林市区而去，其所经之塯埭地方，有农民蒋伯良家亦被劫去白米一石五斗。似此情形，名虽难民实同股匪，白日打劫夜间更不堪设想，请求拍电请示办法，并令行水警会拿，等情。并据松隐警察所巡官何平报同前情到署，除立饬水陆警察分别追缉防范并电呈总司令外，查难民过境、筹募路费、采办柴米，原属例所不禁，惟籍端滋扰亦为法所不容。况当用兵之后清乡之际，此项难民取缔似应从严，拟肯钧座饬下各属严密防范，嗣后如遇有此项难民过境形同股匪者，即行拿办以惩不法。是否有当，理合电请钧鉴，指令祇遵等情。查难民过境扰害治安，迭经通令从严取缔，接递回籍在案，兹据前情除指令外，合行通令各该知事即便遵照，如遇过境难民籍端滋扰，甚或形同股匪者，务即分别依法惩办具报，勿稍玩忽。此令。

中国民国十五年八月六日
浙闽苏皖赣联军总司令孙传芳、江苏省长陈陶遗

（三）

浙闽苏皖赣联军总司令部、江苏省长公署训令第六三四七号

令各道尹、警务处、水陆各警察厅、各交涉员，本年九月十日，准内务部咨开、准外交部咨开：据湖北特派交涉员呈称，近日来华之前俄人民浮浪及赤贫者不少，且时有私运枪械，以资盗匪沿途索讨，行同乞丐之事。虽设法将其遣送，然往往逗

留中途或又去而复返,甚至流为窃盗,实足妨碍治安。查民国八年六月所订管理无约国人民章程第三条之规定,洵为正本清源之办法,拟恳咨行各边省军民长官,通饬津关口岸,主管官吏认真稽查,凡无约国人民之无业者,遵章严禁入境,以遏乱萌而保公安等语。查管理无约国人民章程,自民国八年六月公布后,曾由贵部通行各省军民长官,转饬所属遵照办理在案,现在时逾数年,各省奉行日久,对于稽核检查无约国人民入境一节,难免不有疏忽懈怠之处,应请由贵部重行通咨各边省军民长官,严饬所属,凡遇无约国人民入境,务须认真稽查,以免赤贫无赖之徒混入内地,致碍公安,除指令该特派员外,相应抄录原呈咨,请贵部查照,即希酌核办理见复等因到部。除分行外,相应抄录原呈,并缮印管理无约国人民章程各一份,咨行查照,严饬所属,对于无约国人民入境一节,务须认真稽查以维公安等因,并附件前来,除分行外,合抄附件,令仰该道尹、处长、厅长、交涉员即便分别咨行,一体照如有无约国人民入境,务须会同交涉员、各该地方官厅照章认真办理,勿稍疏忽。切切此令。

附抄件。

中华民国十五年九月十八日
浙闽苏皖赣联军总司令孙传芳、江苏省长陈陶遗

(四)

江苏省长公署训令第六〇四五号

令各道尹,案照各县积谷。业经本署通饬清查、切实整

顿、在案兹查，常平社仓为自古备荒政策之一，其办法系由民捐民办春贷秋还，洵属法良意美，应由各县参酌地方情形，或恢复旧制，或拟定新规，与积谷相辅而行，庶几有备无患。除分行外，合亟令仰该道尹，即便转饬所属各县知事遵照查明、酌核办理具报，此令。

中华民国十五年九月一日
代理江苏省长陈陶遗

（五）

江苏省长公署训令第六〇五七号

（不另行文。）

令厅道各县知事，案准教育部咨开：据历史博物馆呈称：窃以历代印章关防为各衙署用昭信守之物，关系至为重要，如遇新旧迭更，机关裁撤其印信即行销毁，以故此项物品流传至今者恒不多。觏民国改元，前清官制尽行变更，衙署废印未经销毁为数甚多。本馆因其于历史上及美术上有研究之价值，拟广行蒐集、蔚成大观，以供留心考古者之一助。兹经蒐罗，所得及承大部发下各废印数十颗，一并陈列以供众览，近日好古之士前来参考颇不乏人。或藉是以考官制之沿革，或注意于篆籀雕刻之古雅精良类，皆兴会不浅，各有所得而去。惟是此项废印，其存于本馆者尚未及百分之一，观者颇引为憾，为此备文呈请大部核准咨行，京内外各机关凡存有昔时官印者，一律移交职馆保存等情。到部，查前代及民国以来，各机关废印足以考官制之沿革、政局之变迁,实为研究历史者重要资料,现经国务会议议决,将临时执政大小印信,及秘书厅指挥使关防官印各件,发交该馆陈列,以供众览。惟尚宜广为蒐集以求完备,相应咨行,请烦查并饬所属各机关将历来所存废印一律移交本部转发该馆保存陈列,以垂久远而资考镜,等因,准此,除分行外,合行令仰该,即便遵照,如有旧存废印,一律呈送来署,以凭转咨。此令。

中华民国十五年九月二日
代理江苏省长陈陶遗

(六)

江苏省长公署训令第六二七五号

(孙总司令函送联军宣讲规则,请饬一体知照。)

令全省警务处长、全省清乡总办、各道道尹、各道县知事水陆各警察厅,案准浙闽苏皖赣联军总司令部函开查,本部遴派宣讲员分赴各师旅及各地方宣讲联军此次作战原因及保卫地方之本意,并经制定此项宣讲员佩带之符号,以资识别而杜混冒。除分别函令外,相应检送符号样式拾纸,函请查照转饬所属水陆警察厅及地方行政机关团体,一体知照,等因。并附宣讲规则一本,准此合行抄录规则符号,令仰该□即便饬属,一体知照。此令。

计抄宣讲规则及符号式样

中华民国十五年九月十三日
代理江苏省长陈陶遗

（七）

江苏省长公署训令第六二三一号

（第三师司令部函，奉命出发，请委本师五旅长盛开第留守司令驻宁办事，请饬属知照，不另行文。）

令各机关，案准陆军第三师司令部函开：敝师长现因奉令整队出发，关于敝师后方留守事宜，呈请联军总司令委任敝师步兵第五旅旅长盛开第为留守司令官驻宁办事。除分别函令外，相应函达贵公署查照，并希转饬所属知照，至纫公谊，等因准此。令仰该即便饬属，一体知照，此令。

中华民国十五年九月十一日

代理江苏省长陈陶遗

（八）

江苏省长公署训令第四二五〇号

令各县知事，案查各县押解难民费用，经韩前省长令，准作正开支，历经照办有案。惟事前未据具呈报，事后援案请销，殊嫌漫无稽考，嗣后遇有押解难民过境事件，务须立时呈报，如遇过境多起，亦必分起汇呈所有费用，方准照案开支。若非呈报在先，无论开支费用多寡，概不准率请核销，以示限制，而昭核实。除分行，并令财政厅知照外，合亟令仰该知事即便遵照。此令。

中华民国十五年六月十二日

代理江苏省长陈陶遗

（九）

江苏省长公署训令第四九一八号
（山东省长咨据财政厅折开候知事在武城等县任内亏欠正杂各款，请饬属一体严缉解究。）

　　令江苏全省警务处长、各道道尹警察厅长、各县知事，案准山东省长咨开：据财政厅长杜尚呈称：窃查东省各县知事交代，一经结告到厅，核明实有亏欠，即行派员严催勒限清缴。其中随时解清者固不乏人，而任意玩抗者亦复不少，甚有交代未清擅行他往者，节经历前任厅长分别呈请咨追，各在案。厅长到任以来，查悉各知事亏欠交代款项为数尚钜，当即严饬委员，分别认真催追，其稍知自爱者，自不肯亏欠公款而交亏钜款。始终不思清解，仍在本省供职，竟然置诸不理，虽由欠款较多，一时难以筹措，亦缘玩抗成性，以为恃有援奥，若不说法勒追，殊非慎重公款之道。兹经逐案查明，除已经呈请咨追，暨病故人员及欠款不及千元者，由厅派员随时查催外，其亏欠钜款尚有差缺各员，拟请钧署分别勒限令追缴，以重公款。俾各员稍知畏惧，庶不致仍前抗延也。所有查催新旧各案，交代欠款情形，理合分别开具清折，呈请钧署鉴核指令，祇遵。并折开候知事荫培前在武城县任内，交欠正款洋三百七十六元二角三分、杂款洋五千四百卅二元八角六分九厘；曹县任内交欠正款洋四万九百七十四元一角七分二厘、难款洋一万六千九十元一角九分四厘、赔款洋三百三十九元一角六分。查该员京兆武清县人，前任福建监运使，前已呈请咨追，至今分厘未缴，应请通缉严追。等情。据此，除指令，呈折均悉。查各知事亏欠案始终不思清解，迭饬催追竟然置诸不理，似此玩抗实属不成事体，候分别咨令勤限严追，以重公款。仰即知照。此令。折存等因，印发并分行外，相应咨请查照，希即转饬所属，一体严缉，务获解究，实纫公谊，等因。准此，除咨复外，合亟通令，仰即查照，一体严缉，务获解究具报。此令。

中华民国十五年七月十一日

代理江苏省长陈陶遗

（十）

江苏省长公署训令第四六四一号

令各县知事（除铜山淮阴两县），案据江苏全省警务处长王淼呈称：案查本省县警察所编制章程，前奉钧署修正，通饬施行在案。该项章程第六条第一、第二两款规定，所有分所长及巡官等职均应选员呈请核委，自应遵照办理。惟句容、溧水、溧阳、高淳、金山、常熟、如皋、武进、盐城、东台、阜宁、沭阳、灌云等各县所有分所长及巡官等检阅接管，卷册间有经处核委一、二员者（如句容县仅委第三、第五、第九三分所长，其余各分所长既未据呈报，亦未核委，无案可稽），亦有全县各分所长及巡官无一员经处核委者（如溧水、高淳等县），又松江、吴县、吴江等县各分所长及巡官等虽曾经王前处长之一次委任，惟闻所委之员有早已离职他去者，亦有经县知事更换者，但均秘不呈报，亦不请委。究竟各县共有分所长及巡官若干员名,而接管卷册内所列之各分所长及各巡官现在是否即系其人,尚难为翔实之考查。处长负考核警务之责,对于用人行政未便放任。查县警察所编制章程既经钧署修正、通饬施行,自应遵办,以符功令。所有现在各县未经职处核委之各分所长及巡官应即责由各县知事查照定章呈请核委。嗣后如分所长及巡官缺出,并应遵章即行,请委不得径行委任,或秘不呈报。如有违延,一经查明,由职处呈请钧署处分,以为玩视功令者戒。处长为维持法令以便考核起见,所有各县分所长、巡官应即请委,缘由理合、仰肯鉴核,通饬各县知事遵章办理,等情。据此查警务处长有考核全省警务之责,所有各县分所长及巡官等之任用,自应由县呈处严加考核,分别呈委各该县。不得径自委任或延不呈报(除指令并分行外),合亟令仰该知事,即便遵照,办理勿违。此令。

中华民国十五年六月三十日
代理江苏省长陈陶遗

(十一)

江苏省长公署训令第四七九八号
(孙总司令函,凡公家委购机械材料等项,应将九五扣用免除,不另行文。)

令各机关,案准浙、闽、苏、皖、赣联军总司令部函开:查官办各场、厂向来采办物品因与洋商或大商家交易,每有九五回扣陋习相沿,与者籍以招徕,受者视为应得,不知此项佣金,在商家费一分之例规,实公家多一分之消耗,注兹挹彼,习为故常。此弊不除,无从整顿。查各机关委员采办物品,自有相当川旅公费,任务攸关,尤不应从中渔利。嗣后,凡公家委购机械材料及军用物品,应将九五扣佣一律免除,以昭翔实,而重公款。若商家拘执旧规,确有猝难改革者,亦应于事前先行函告,敝部核准,量予提给,不准私相授受。倘经办人员敢于隐匿,一经查觉,或被告发,查明属实,定即从严惩治,决不宽贷,除分令并登报週知外,相应函达,即希查照,转饬所属,一体遵照为荷,等因。准此,合行通令各机关,一体遵照。此令。

中华民国十五年七月七日
代理江苏省长陈陶遗

(十二)

江苏省长公署训令第五八一八号

令六十县知事。案准内务部咨开:据世界红十字总会函呈内称:"敝会以促进和平、救济灾患为宗旨,设总会于北京,推设分会于各省,业于民国十一年十月二十八日呈奉大部七二六号批准在案。自成立以来迄今数载,举办各种慈善事务不胜枚举,如东瀛地震及各省水旱偏灾,皆分投赈济,中外皆知。连年战事发生,又复组办救济队拯护伤兵、收容妇孺,成绩尤为昭著。以致红十字标识日见发扬,因思名誉既隆,而用途更宜慎审,窃恐有假借名义籍便私图者难以稽考、有损会誉,不得不先事预防以杜流弊。为此仰肯大部俯准备案,并转行各省行政长官及军学工商各界并各团体声明,红十字为敝会创用之标帜,其他不得假用,以免淆混而昭慎重。"等情。除分行外,相应咨行查照,转饬所属及各团体一体知照,等因。准此,合亟通饬各县及各团体一体知照。此令。

中华民国十五年八月廿三日
代理江苏省长陈陶遗

(十三)

江苏省长公署训令第五二三一号

(公布十五年度江苏省教育经费暂支预算数目表。不另行文。)

令教育厅、管理处、省立各教育机关、六十县知事,查十五年度省教育经费预算,前由教育厅召集省教育行政委员会等联席会议讨论,结果报由教育厅缮具,民国十五年度江苏省教育预算专册暨同年度江苏省教育经费暂支数总表呈请本公署查核公布前来。本省长查十五年度省教育经费比较十四年度未见充裕,原呈十五年度省教育经费预算专册列数过钜,暂难适用,应仍照暂支数总表支配,以维现状,兹就原册与事实不符之处酌加修改,录正公布,仰即一体,查照办理。此令。

计开

中华民国十五年七月念八日
代理江苏省长陈陶遗

（十四）

江苏省长公署训令第五九九〇号

令各道尹，案查各县积谷，经前江苏振务处颁订整顿办法，其第三条载明款项以六成购谷储仓，以四成存典生息，通令切实办理在案。乃本公署此次电饬各县清查谷款，据复已有三十余县，其遵照前订谷六款四办法者，竟属寥寥无几，殊非慎重备荒之道。要知仓政原理重在存谷，偶遇饥谨端赖发粟救济，查本年新谷登场，米价仍复腾贵，若至来春青黄不接，将何以维持民食？应即由各通尹督饬所属各县查明原存管款，各数酌提款项妥速购谷储仓，以购足六成为最少限度，用备来春办粜之需要。除分令外，合亟令饬该道尹，仰迅遵照、认真办理，毋得玩延干咎，仍将遵办情形，克日具报查考。此令。

中华民国十五年八月念八日
代理江苏省长陈陶遗

（十五）

江苏省长公署训令第五九九一号

令松江、南汇、上海、盐城、金山、奉贤、川沙、海门、灌云、宝山、太仓、如皋、东台、东海、崇明、常熟、南通、阜宁、赣榆县知事，案照苏省前以米价飞涨、私运未绝，迭经严申禁令，并将二麦杂粮一律暂禁出省，惟省内各县准予照旧流通，通令在案。现在新米已渐上市，米价仍未见平，据闻沿海口各县地方仍有奸商利用米粮省内流通输运出省，殊堪痛恨。事关维持民食。该知事责任所在，竟不严予查禁，殊属有亏职守。合再申禁令，所有苏省食米及二麦杂粮运经该县，务即随时切查察，倘有奸商朦混，籍端偷漏，或县警税卡人员徇庇故纵，即行遵照惩奖办法，严予罚办。嗣后该县如再闻有私运出省，或偷运出口情事，即惟该知事是问，仰即懔遵，并先将遵办情形具报。此令。

中华民国十五年八月廿八日

代理江苏省长陈陶遗

（十六）

江苏省长公署训令第五七五九号

令六十县知事，案据中华佛教会江宁分会长辅仁呈称："窃维考之佛典，未有世先有佛，既有世佛即度。阿弥陀佛于三千大千世界普渡迷津，一切水火刀兵及国家安危，故名曰'阿弥陀佛'。此佛为释迦、如来、威德自在法力无边，下生死海达涅盘门，掌握环球渡众生救世、救人之大将军也。查释迦掌护如来诞期，前蒙内务部暨韩前省长通令，于每逢诞期断禁屠宰一日，各省奉行有案。观音圣诞已蒙我省长通令，全省遵行。惟阿弥陀佛乃功于世间，凡行善者莫不同声感戴，冬月十七日为诞期，理应禁屠一日，籍以挽回人心，化莠为良。特此不揣冒昧，呈请省长以慈善为怀，赏予援释迦成案，于阿弥陀佛每年十一月十七日诞期通令所属禁止屠宰一日，以资遵行，俾得全省人民均沾善缘，实为德便"等情，据此，除批准援案办理外，合亟分令，仰该知事，届期禁止屠宰一日,以广仁慈。此令。

中华民国十五年八月二十一日
代理江苏省长陈陶遗

(十七)

江苏省长公署训令第五三九九号

(财政厅呈为编制十五年度省地方收支预算总册,请核定通行。)(不另行文)

令支领省款各机关,据财政厅长呈称:窃查省地方收支款目向章,应依照会计年度编制,预算呈请咨交,议决后由钧署公布,历经照办在案。职厅前编十四年度预算,为力反从前虚收实支,业将各机关经费切实核减,惟因省议会迄未开会,未经议决公布。而各机关领款时仍照十三年预算,具请款凭单比照。职厅编报之十四年度列数固已不符,而事实上发款时须参酌财政现状,照预算且多折扣减成,以致请领数与实发数相差太远,殊觉无所依据,刻因十五年度即将开始,职厅已根据十四年度成案,并参照现在实支情形,拟定十五年度收支概算。陈蒙钧署,召集各主管机关迭经会议,大致已经决定,兹经依照公决数目编制,十五年度预算计岁入经常门列:忙屯芦附税六十二万二千六十九元,省有基金生息三万六千二百十四元,官业收入四千八百元,内务行政收入一千八百元,合计六十六万四千八百十三元。岁入临时门列:滞纳罚金九万一千八百九十二元,经临合计七十五万六千七百七十五元。岁出项下:内务行政经常费十九万二千九百四十元,临时费九万八千六十四元。财务行政经费一万五千一百二十元,临时费二十九万九千七百八十四元。实业行政经常费十万零九千八百六十七元,临时费四万一千元。内财实经临合计七十五万六千七百七十五元。收支勉能适合,除漕粮附税、卷烟营业特税、教育行政收入业经划出专充教育行政经费,应归教育经费管理处另编预算外,所有编齐十五年度省地方收支预算总册,并连同省款经理处十五年度预算分册,自应照案呈送惟查。省议会现亦不在开会时期,年度业经开始,无可延待,应如何先由钧署核定,分别通行,俾资遵守。仍俟开会后,咨交追认,以符手续之处理,合具文呈请,仰祈鉴核示遵。再职厅更有请者,原拟概算收入忙屯芦附税按近三年实收平均应列五十四万元有零,嗣经会议,以医院应整顿改组须规复十三年度常费,并须预备临时费约万元,实业各机关由其主管厅列表,要求经临两费各有增加,以致收不敷支,乃不得不勉从众议,将附税改照十二年度,实收最多数列为六十二万二千余元,并将带还旧欠经费,量为减少,收支方始适合。惟是年岁或有荒歉,收入即不免顿减,且当年度开始正值附税淡收,为维持现状,计实业常费只得仍旧减成发放,临费亦暂缓支统。俟年度过半后,再行斟酌实收情形,量予补给。医院经费,在未改组以前,亦仍减发,谨此先事陈明,免致临时竭蹶。以上各节并乞分行遵照,等情。计呈清册据此,除指令,呈册均悉查十五年度省地方收支预算,前经召集各主管机关会议,决定发交该厅汇编,兹据编送清册,前来察核,尚属相符,除登报公布并通令支款、各机关遵照外,仰即查照办理。至呈尾声,请各节省库奇绌,固属实情,第实业等经临各费均关紧,仍望该厅勉为其难,照数筹拨,是为至要。此令印发外,合抄预算册通令各该机关,仰即遵照办理。此令。

计抄发省地方十五年度预算册。

中华民国十五年八月三日
代理江苏省长陈陶遗

（十八）

江苏省长公署训令第五五六七号
（不另行文。）

令财政实业、教育高审厅、教育高检厅、全省警务处、全省清乡总办、五道道尹,本年八月六日准内务部咨开:准咨开查苏省仕途拥挤情形较前实未减少,县知事一项无论指分、改分仍请继续暂停两年,俾资整顿,咨请查照核准"等因。查苏省任用县知事既准咨称,较前实未减少,应准暂停分发一年,相应咨行查照,等因。准此,除分别函行外,合行令仰该处长、厅长、道尹、总办即便知照此令。

中华民国十五年八月十日
代理江苏省长陈陶遗

（十九）

江苏省长公署训令第五一〇一号

令各税局、各税所,案照:公报原为宣传政令而设,各行政机关均应常期购阅,俾免隔阂而有遵循。卷查本公署发寄各税务局所之省公报数目多寡不均,其新设之各铁路分局政省两报,一份不备,殊失传布政情本旨。兹特按照各该局所分机关之多寡以为派报之标准,计分所在十六处以上者,派省报八份。分所在十一处以上者,派省报六份。分所在八处以上者,派省报四份。分所在五处以下者,派报二份。又每局所各派政报一份。自本年七月一日起实行。至政府报费仍应径解财厅,由厅汇解,过署以凭转解,所有各该局所以前积欠报费,并应一律清结,毋再拖欠。除通令并分函印铸局外,合行令仰该局、该所长即便遵照。此令。附抄单。

中华民国十五年七月二十日
代理江苏省长陈陶遗

通　　告

浙闽苏皖赣联军总司令部、江苏省长公署通告第十七号

为公告事,照得南京省会之区为四方所瞻仰,关于全市交通教育、实业、公安、慈善等事,非专设机关负责办理,不足以资整顿而谋发展。兹组织南京市政督办公署,综理一切事务。俾专责成,并编订组织大纲,由本总司令兼任督办,本省长兼任副督办,不支薪水以节经费。所有市政公署应设职员,并查照组织大纲分别遴委,即日组织成立。除分

行外，合将南京市政督办公署组织大纲公布，特此通告。

中华民国十五年九月十一日
浙闽苏皖赣联军总司令孙传芳、江苏省长陈陶遗

批　　示（三件）

（一）

江苏省长公署批第二六五七号

（原具呈人：丹阳县太平市农会长潘鼎等，呈为垄断茧行、把持专利，迫求派员调查，分润利益而重农桑。）

呈悉。查添设茧行取得领帖办法，应由县知事督同实业局、农商会秉公核明，呈由实业厅转请本公署审核决定。□经令行开放茧行，县知事遵照在案，是办理手续，由实业局、农商会公同核定，非常郑重。如果规定地点确有未合，应径向实业局、农商会陈明，由县督同公开讨论可也。此批。

中华民国十五年七月七日
代理江苏省长陈

（二）

江苏省长公署批第二九三八号

（原具呈人：宝山县民郑应奎，呈为浚浦局强夺民田建设油池，求令制止。）

呈悉。此案已会同孙总司令委派江海关监督、沪海道

尹、江苏交涉员丁总办文江，会同调验各种契据筹商解决办法矣。仰即知照，此批。

中华民国十五年八月一日
代理江苏省长陈

(三)

江苏省长公署批第三二四六号

(具呈人：上海法华乡议员杨树源，呈为议长沈兆桢摧残选政，捣乱地方，据实续陈，请核示。)

呈悉。据称该乡选举"董佐"，系用选举议员票，点去议员二字，填写"董佐"字样，并盖用乡董图记等情。已显与法制规定不符，惟案经令行沪海道尹覆查，应俟复到，再夺。此批。

中华民国十五年八月念八日
代理江苏省长陈

六、附　录

附录一 《陈陶遗先生墨迹》跋[1]

陈陶遗先生为本馆第一任董事长,殁将两稔,忆当年风雨飘摇之际,端赖擘画匡扶,幸得成立。先生建国有殊勋,抚辑乡邦,遗爱在民。迨归隐淞滨,不问世事,以鬻书终,老人且忘其英勇果毅之概矣。龙尝谒请先生就平生经历载笔庋诸本馆,俾征文献。先生怃然曰:"余数十年来所存文件、书札及笔记诸稿,都如千箧,藏在故乡,以待整比,不幸倭寇肆虐,概付焚如。"复请就记忆所及者述之,乃允俟交通稍便,约仅存老友,以尚秉和《辛壬春秋》为蓝本,共相补证,勒为一编,庶足考信。惟以体弱多病,未偿宿诺。毕生所为诗文,均不留稿。雅好书翰,得者珍如拱璧。早岁笃嗜篆隶,中年出入六朝碑版,晚而致力章草,盖服膺郡学叶石林。所摹《急就篇》刻石,得史游之真传,意趣高旷,肖其生平。兹蒐访墨迹得十七帧,付之景印,冀垂久远。承董和甫、严惠宇、叶揆初诸先生助纸捐款,始克有成。吉光片羽,乌足以表先生之丰功伟业耶?悲夫!

一九四八年三月一日
后学顾廷龙谨跋

---

[1] 注:顾廷龙撰。

附录二　陈君陶遗家传[1]

陶遗陈君殁垂二年,葬矣。孤定、业请为家傅,此后死之责也。国事递嬗,君以一身与为终始,不求知于人,往往于震撼危疑之际,奋不顾身,抑排百难,多方委曲,以求有济。其事秘,且为时忌,致湮没,鲜有知者,知之亦不能言其详。余尝叩君,君若不省记者然,但就可知与可言者,摭拾以传诸后,实未足以尽君也。

君讳公瑶,字陶怡,号道一,江苏金山松隐镇人。十岁而孤,长入邑庠,肄业松江融斋师范学校、上海中国公学,创立健行公学。痛清政不纲,慨然以革命为己任,改字剑虹。渡日本,入早稻田大学习法政,办《醒狮》周刊。当清季光绪乙巳,同盟会成立于日本东京,孙文兴中会、黄兴华兴会为主干,联合无政府主义派,及其他革命人士,厚集其力,君同邑高天梅介君入会,师事余杭章炳麟,后入光复会,其中坚如陶成章、徐锡麟皆炳麟同志也。炳麟少许可,独于君无间言。为改字陶遗,取义陶唐氏遗民,后遂以字行。任江苏同盟会支部长,谋刺两江总督端方,同会刘师培告密,捕系狱,通州张謇驰救,移羁警察总局,去桎梏。君不以死生渝其志,江宁府知府杨钟义莅局推鞫,望而知为儒者,遇以宾礼,

---

[1] 注:陈敬第撰。

守卒薰沐盛德,亲如家人,执简受教,则又如师弟子,善诱不倦。弥年获释,谒端方,温语示引用,君矢志如初,赋诗慰亲故,有"死别未成终有死,生还而后始无生"之句。过从南社,文字鼓吹革命,又名水,字止斋,应南洋泗水学校教员之聘,奔走革命益力,不遑寝处,体自此羸弱。

在同盟会,与黄兴、赵声最契。黄花岗一役,黄兴实为主谋,君与赵声期同赴,已抵香港,事泄先发,未及于难。武昌起义,挟募金归自南洋。江苏巡抚程德全独立,革命军拥君为都督,君固让德全。会师攻克南京,属郡先后设军政府,归黄兴统制,君居中调护,阖境晏如。以江苏省代表,被举临时参议院副议长。初,议建临时政府于南京,举黄兴为大元帅,黎元洪副。孙文归国,黄兴辞,举孙文临时大总统,南北议和,与袁世凯密约,清廷逊位诏下,总统改选世凯。至是,有持异议者,主用兵,君谂斗力则北胜,况革命肇端,不宜因权位内讧,坚持交参议院议决,不则下令解散参议院,卒如密约定议。而翌年二次革命,固已萌于此矣。同盟会改国民党,君当选众议院议员,让高天梅。偕孙文、黄兴北上,窥诇世凯叵测。会国民党国会议员抨击五国借款,赣、皖、粤三督为外援,宋教仁适被刺,于是讨袁军起。君与黄兴虑无备轻发,堕世凯计,不为党人所容纳。湖口首发难,黄兴被迫赴南京主军事,皖、粤、湘、闽、蜀五省响应,鄂阴持两端。世凯调兵南下突袭,果溃散,五省北附,凡四十八日,党军摧毁以尽。

君屏政治，赴黑龙江经纪东井垦植公司，拓地二千余亩，采购新农具，招佃分垦。哈尔滨设新盛恒粮栈，兼戍通航运公司董事，多所赞画。时广东七总裁制，军政府遣莫文光来，趣赴广东，荒寂生涯，适于素性，辞不赴。淹滞七稔，不堪匪扰，粮栈主者操奇，折阅受挫，南归。国民整改组，周耕芍将朱执信命就谘，君逊谢而已。

浙督卢永祥、苏督齐燮元交哄，松、太各属，兵灾尤重，君代表金山，参与兵灾善后会，逐燮元以谢苏人。代燮元者，为奉军杨宇霆，所部兵无纪律，苏人患之，君居东三省久，丁文江亦因营北票煤矿，知其贪暴，尤激昂。文江说浙督孙传芳，领兵长驱，进驻南京，宇霆遁走，传芳声言苏人治苏，众强君任省长。治尚宁静，不轻易吏，财赋亏负，县债、省债纷如乱丝，为之爬梳整理，偿九百余万，废苛税若干种，量入为出，有轨辙可循。文江会办上海商埠，议收回租界法权，与君往复商榷，文江折冲，协定始成。国民党军北伐，密喻君连传芳，传芳出兵九江，兵败乞援张作霖。君曰："吾不忍见吾苏人重罹兵祸也。"拂衣径去。先后客游东三省，特区行政长官朱庆澜延入幕。张作霖炸死皇姑屯，知大难将作，遂行。越岁，中东铁路督办李绍庚与君有旧，招之往。未几，日本占东三省，悲愤填胸臆，襆被入关。终君之身，未尝不縈怀于白山黑水间也。返松隐故居，与仲兄鹭共晨夕，友爱弥笃。鹭病殁，乃客上海，鬻书自给。平生远荣利，刻苦自绳，中有所持，不可挠夺。接人泾渭分于中，不立崖岸。

通有无,赴人缓急,无德色,人以为是乐就之。四方客辐凑,坐常满,群望归焉。

芦沟桥之变,举国震骇,抗日之声,飚起云涌,卒发于上海,旋沦陷,南京相继不守。有谋胁君出者,避香港,潜归键户。国民党副总裁汪兆铭勾敌,组南京伪政府,将访君。君先往,晓譬大义,兆铭不省,仅乃劝阻其从者。兆铭请君为江苏省长、上海市长,均峻拒,亦莫之敢犯也。自重庆来上海者,阴图策应,则助之掩蔽,或迂回救护,脱于厄。宿疾发益数,日本降,加餐称庆,笑语家人:"毋庸祭告,吾福过陆放翁多矣。"政府还都,故旧争问起居,辄至夜分不绝,疲甚。松隐宅毁,不得归。市临时参议会举君议长,先征君意,辞不可,荐代者乃已。盖转喜为忧,心知国事愈纷,太平不及竢也。中华民国三十五年四月二十七卒于上海僦舍,贫无以殓,吊者相向,哭失声。春秋六十有六,乡人私谥贞毅,明年,葬于金山松隐镇白鹭塘。

君曾于苏州为程德全、张謇筹建纪念堂,彰辛亥兵不血刃之功,谋始病辍,武进刘垣纠合父老竟其事。因德全与君晚年皈依佛教,名曰宁远莲社,奉程德全、张謇、应德闳及君栗主,岁时荐享。

君祖梅溪,妣陆,继妣陆。考讳遇泰,妣章。生三子:长景贤,次鹭,君序第三。配王,早卒。生子定,德国明兴大学医学博士,嗣鹭后。女印白,适姚。继配郁。生子业,上海圣约翰大学毕业,赴美国华盛顿大学习水产。孙:禹辛、远宁。

论曰：介子推不言禄，禄亦弗及也，世以是多之，亦若有不平者，誉君亦云。然余则更有进焉。夫以君德量智略，公而忘私，一旦因缘遭际，网罗俊才，与时徐进，跻国家于昌盛，一洗处士虚声之耻，庶几无负于君，君亦无负于国矣。而时厄之，而年厄之，惜哉！

附录三　友人赠诗选录

将去粤中，夜集镜清楼，闻陶怡被逮

陈去病

脉脉秋心暗带愁，沉沉长夜共登楼。
归鸿几处惊罗网，纵鬣还须怕钓钩。
惜别只令诗思塞，当筵惟有酒樽酬。
相怜去住浑无准，羡杀平湖不系舟。

念奴娇·赠淘夷，次亚卢韵

高　旭

乾坤多难，看他人榻畔，岂容鼾卧？无奈天涯春草长，怅矣逢君南浦。红豆新调，青山旧稿，恨遇知音暮。江头风雨，侬直十分愁苦。

忍教剩水残山，斜阳歌泣，曲顾周郎误。万丈红尘堪把臂，满袖芬芳兰杜。醉后呼天，愤来斫地，往事从头数。匣中宝剑，呜呜欲向谁诉？

寄道一白门

高　旭

众生憔悴已多年,佛堕泥犁恨可言。
十七史从何说起?向天看剑意茫然。

盼断王孙忆去年,新亭对酒向谁言?
况当草长莺飞日,大好江南信黯然。

怀道一嘉兴

高　旭

一弹指顷去来今,回忆前尘尚可寻。
党锢例于衰世见,道根偏自静中深。
神州残局伤心史,夜雨空山抱膝吟。
愿伴鸳鸯湖上住,联床把酒话冬心。

念奴娇·海上赠陶夷

柳亚子

元龙湖海,有高楼百尺,儘卿酣卧。底事尘缘除不尽,来向春申江浦。四海论交,千金握手,相见非迟暮。心肝剖却,人间无此辛苦。

年来琴剑飘零,风尘潦倒,都为聪明误。行矣前途荆棘地,何处汀洲蘅杜。芳草东风,斜阳故国,旧梦零星数。死生流转,绵绵此恨休诉。

高阳台·闻道一被系而作

柳亚子

旖旎红箫,温柔碧玉,算来此福难消。雨雨风风,春光一霎飘摇。魂消心死都无赖,盼伊人、路远难招。最伤心,马角乌头。梦也迢迢。

雕笼鹦鹉深深锁,叹聪明误汝,翠羽萧条。如海侯门,萧郎怎忍轻抛。黄衫侠客今何处,更谁能、盗取红绡。愿将来,成骨成灰,私誓坚牢。

蝶恋花(二首)
得卧子狱中书感赋

柳亚子

(一)

未卜他生今已误,钗断琴焚,南浦当时路。十样蛮笺劳寄与,几曾写尽伤心语。

往事思量谁记取,断雨零风,又送春归去。正是江南三月暮,鹧鸪声里留人住。

(二)

镜里窥侬颜色误,蕉萃年来,总为郎辛苦。鹦鹉前头休絮语,背人红泪还如雨。

绣尽回文无一句,倩梦惊魂,只逐杨花去。盼汝今宵飞到处,秦淮水绕钟山树。

蝶恋花（二首）
喜卧子出狱用前韵

柳亚子

（一）

绝代因缘今未误，美眷如花，锦样前头路。艳福原凭天付与，人间删尽相思语。

十斛明珠谁换取，只羡鸳鸯，不羡飞仙去。荡子归来犹未暮，温柔乡里留君住。

（二）

休道传言鹦鹉误，禳得三生，莲子侬心苦。昨夜护花铃上语，花开不怕闲风雨。

碧海青天伤别句，此日重逢，莫再匆匆去。料理双栖安稳处，不须更化韩凭树。

闻陶公出狱，喜极不能成寐，枕上口占得四绝

柳亚子

（一）

一纸书传喜欲狂，翻教涕泪湿衣裳。
乌头马角今生事，到此犹疑梦一场。

（二）

惊心虎穴又龙渊，一岁真同十九年。
也是汉家苏属国，丁零绝塞竟生还。

（三）

明夷箕子尚多情，魔劫深时道力精。
铸舜陶尧无愧色，黄巾争拜郑康成。

（四）

昨夜思君愁未寐，今宵欢喜不成眠。
何时却剪西窗烛？重话人间一段缘。

饮中八友歌（之五）

柳亚子

云间卧子人中龙，十年湖海乘长风。
抗怀一吐榴裙红，杜鹃啼血将毋同。

怀人诗十章（其七，赠陈陶公）

柳亚子

半载春申江上住，与君肝胆最相知。
临歧珍重长亭柳，不许行人折一枝。

海上归舟成怀人诗十四章（其三，赠陈陶公）

柳亚子

恨海易填天竟补，相逢疑梦是耶非。
高丘憔悴今无恙，一曲箜篌泪满衣。

海上杂诗　赠陶公

柳亚子

握手惊看各老苍,飘零湖海怨陈郎。
缁尘京洛终难染,可忆南山旧草堂?

简　道　一

姚　光

一笑相逢乐未央,湿香①置酒引杯长。
苍天梦梦几时醒?浊世滔滔未许狂。
万种心情何处说?百般磨折未须伤。
江山触目愁难遏,带醉凭栏看夕阳。

盼卧子未到再次前韵

俞剑华

鲈脍不曾留翰住,松醪应得引潜来。
桃根渡口深相望,黄菊篱边待欲开。
岂若参商终怨别,原知老杜最怜才。
如何盼尽无消息,独对屯田懒举杯。

闻卧子自海上往魏塘不来此矣三次前韵

俞剑华

从未来时便相望,谁知望尽不曾来。

---

① 原注:汪律军舣君湿香故地,予亦与焉。

莫嫌柳大书迟至,只怨何生船早开[①]。

频梦停云无一语,独闻惊坐逞奇才。

相思伫待相逢日,罚汝葡萄酒百杯。

与旭初联句怀陈陶遗

黄侃　汪东

世乱弥思旧,(侃)

交亲尚有君。

功名如脱屣,(东)

意气本凌云。

拟泛松江棹,(侃)

长怀栗里芬。

别来无恙否,(东)

莫惜嗣音勤。(侃)

赠 陈 陶 遗

陈叔通

微酡颧颊气如春,风骨崚嶒鹤瘦身。

白刃不辞仍倔强,青毡为伴耐清贫。

平生推解能忘我,小试讴歌尚在民。

[①] 原注:君之到海上也,以送何公脑赴文岛,故余属亚子飞书相招,乃书到而公脑已行,君亦他去矣。

并世相知无问语,沧江一卧岁华新。

挽陈陶遗

陈叔通

少历千辛身许国,岂期到死国犹艰。
接如和易风裁峻,甘为贫寒体力孱。
老病相侵关节候,沉哀无语脱尘寰。
并时谁是中郎笔,《有道碑》真不愧颜。

过陈陶遗城西旅次有作

姚鹓雏

人海浩茫茫,闲踪谁比数。
肩摩毂击中,乃有我与汝。
水窗美新霁,朝旭澹初吐。
征尘犹在衣,握手话良苦。
奔波已自厌,病翩那更举。
兹来复胡为,旭瘠犯尘土。
留溪清可掬,松实亦可茹。
归去莫徘徊,子房倘俦侣。

过沪市追悼陈陶遗先生

姚鹓雏

仁者亦智者,穷理闻前修。智者亦仁者,身先天下忧。

夫子不世出,孤抱无与俦。寄心实方外,虑世乃尔周。墨有不黔突,孔有不暖席。杜陵诗之圣,奔走空皮骨。问子胡栖栖,毕生少(一作鲜)安宅。晚年逾静定,与世邈相隔。郁郁民物怀,并作肠中热。柳下不辞卑,姬公不自高。抱关固可作,吐哺宁谓劳。江干驻车马,荒径丛蓬蒿。此中无拣择,看子游消遥。昨年我东归,去沪念已熟。初春困风疾,将夏戒夫仆。嗟兹旬月迟,遗像悲到目。病深久枯瘦,意远自清肃。今年复此来,春水涨新绿。驱车过广衢,踽踽觉我独。斯人谁得似,夜话难再续。推窗起徘徊,斜阳下邻屋。

忆陈陶遗

翁文灏

曾因鼎革辅孙权,宁沪陈丁并著鞭。
士是名贤甘屈仕,世方多难勉攀肩。
清贫官自非为己,军阀主悲失所天。
旧友知音频奖赞,骑箕逝去共凄然。

"海上寓公"老诗人、书法家周退密《墨池新咏》赞陈陶遗书法有诗:

人物当年天乐坊,蜩塘国事那相忘。
陶遗草法师钟索,腕底绸缪字出芒。

并曰"陶遗书法精章草,学《月仪》、《急就》,肃穆中见高旷,可与章一山相颉颃"。

赠陈陶遗

胡启东[①]

故乡松隐今难隐,谁为乡人平不平?

欲向健儿论甲乙,一方游骑正纵横。

贺陈陶遗省长秋节

蔡云万

炎夏如蒸,久缺荷参之礼;清商徐拂,又闻叶脱之声。感驹隙之飞驰,幸龙门之在望。恭维省长,襟抱秋高,须眉秋爽。良时则露点葭苍,德政则风行草偃。卿云绚彩,载歌纠缦之诗;凉月舒波,恍入高寒之境。话到坡仙《水调》,问宫阙为何年?把来庾亮清樽,宴宾僚于四座。静闻紫府之歌,祝洗银河之甲。芝辉翘企,藻颂弥虔云;万虚掷居,诸时嗟老大。徒觉请缨有路,自惭弹铗无能。宦海浮沉,玩味实同鸡肋;客窗困顿,拊怀空对蟾圆。念佳节之适逢,肃芜笺而致贺云云。

怀念乡前辈

(三)陈陶遗

彭鹤濂

贫甚为官亦自豪,未曾桑梓肯相邀。

先生有句堪传诵,"两处灯前话岁朝"。[②]

[①] 注:胡启东为胡乔木父。
[②] 原注:闻公任江苏省省长时,凡乡里戚友求公谋事者,一概拒绝。先生有"一身雪里逢除夜,两处灯前话岁朝",余最喜诵之。

附录四　友人来函选录

张謇致陈陶遗函（六件）

（一）

陶遗省长大鉴：

敬启者：海门陆锄经等报领海门东七区沿海接涨新滩案，该地系与通海垦牧公司堤外未围之地计一万七千余亩毗连。因有界至关系，曾于前省长任内，根据部令请派沙田局汪总办亲临勘丈，标分界至。乃汪总办迟迟不来，近忽委派崇海沙田分局专办顾南庸同海门县知事办理。其令文并称"垦牧有溢地，饬与陆锄经所报一并通丈呈报核转"等因，查垦牧公司已围未围之地，系清宣统元年缴价，民国元年升科，当时以滩质尚嫩，留出未围之地，非围足而又溢出之地也。事实如此，卷中文亦分晰，是堤外地数实有一万七千余亩，其令文直将一万亩抹去，而曰"溢出七千余亩"。今既有此舛误，则地数自与原案不符，与垦牧未围地关系甚巨，勘丈标界为必不可忽之事，亟应慎重。其人顾南庸乃著名不规则之律师，容以平日诪张之伎俩，设词耸听，夤缘得差，其品行名誉素非乡里所信，实未便承乏此项重任。应请查案仍指令汪总办亲自临勘，届时会同各方面核查案册，丈量地亩，使真正界限明白立揭，乃可断一切诞妄牵混之根。专此奉白，务

希加意核夺。敬请

　　台安

　　　　　　　　民国十四年(1925.12.19)

（二）

陶遗省长大鉴：

　　前以海门陆锄经等报领海门东七区沿海新滩，与通海垦牧公司堤外一万七千余亩未围之地毗连，有界至关系必须勘定，又因沙田局令周知事复勘陆地文内有"垦牧地数与原案不符，须一并复丈"之语，是不独两地界至有须勘定之必要，其疑及垦牧原案不可信，直视垦牧公司与荡棍行为一例，尤非请沙田局总办亲临，凭卷凭图眼同测丈，不足以昭明信而息谰言。前曾函请台端属彝伯临勘，并一面函致彝伯速驾，乃彝伯迟迟不来，而接奉台函，亦并无明确答复，深用骇讶！事关分界证案，未便久悬，岂以为含糊可了，任便标分耶？

　　查垦牧公司原报范围之地为十一万五千亩，属通境者为吕四场，应给民业之三补灶地计六万二千八百零七亩零，内除去公共河港及未围涨滩一万五千五百八十八亩零外，计在牧场堤第一第二第三第四堤界内，止围得实地四万七千二百十九亩零。场例每千步即四亩，完折课银三分三厘三毫三丝，以前项实地核算，应岁完折课银三百九十三两四钱九分二厘，业于清光绪二十七年开办以后，陆续收并坍粮二百五十两零一钱五分六厘照完折课。复于三十二年经州厅勘界会议，按亩加完折课一百四十三两三钱三分六厘，岁由场大使转解运库，作为垦牧预升之科，足前项实地应完之数，详准在案。此通境按粮核地之确数也。

属海境者为第五第六第七堤，计五万四千七百二十六亩零，内除收买苏狼两营介于第五堤之兵田二万三千九百零三亩零，立案之初，由清江督刘咨照两镇，查明地亩按缴价银数作为股本，公司无须重复缴价外，清光绪三十二年州厅勘界丈见第五堤兵田界外滩地七千八百七十七亩零，第六堤内实地八千二百五十九亩零，第七堤内实地七千四百二亩零，又第六第七堤外涂滩地四千四百九十六亩零，共计堤内实地、堤外涂滩二万八千三十五亩零。即于是年按照宁属涂滩例缴价，共缴库平银四千六十二两三钱四分四厘一毫，由海门厅详解江藩司核准掣收。民国元年移请海门民政长，将公司抵除缴价及自行缴价地亩共计五万一千九百三十九亩零，照海门下沙通例，自是年下忙起分掣粮串，转呈程都督核准在案。又于六七堤界外收买杨香圃及陆春源各户有苗荡地，计二千七百八十七亩零。是公司抵除缴价、无须重缴之地为二万三千九百零三亩零，自行缴价之地为二万八千三十五亩零，业经全部升科完粮，并收买有粮之地共为五万四千七百二十六亩零。

而目前核计五六七堤已围实地计四万一千九百二十五亩零，以缴价升科地五万四千七百二十六亩零抵除之，尚余五六七堤外未围地一万二千八百亩零。再，海境通例丈地用五印官篦，而公司系用营造尺，较官篦九二八五折乘方，合亩应为八六二一折。如以官篦合营造尺亩数，应作一一六申算。七六五堤收买地二万六千六百九十一亩零，应申地四千二百七十亩，合计为三万零九百六十一亩零。以此项申地四千二百七十亩零，与核余未围滩地一万二千八百亩零合计之，五六七堤外应共余未围滩地一万七千零七十一亩零。此海境凭粮求地之大较也。

于事既有此繁琐曲折，不于今日分界时确切证明，不但无以堵一切诞妄之幻潮，且无以彰蚕岁经营之正鹄。务望切告彝伯，公司如有欺诬，法应革正。官厅如有疑误，理应明白。献岁后无论何说，千万拨冗亲临，并带娴于测丈核算之员为佐，以资实事求是。除函局外，专请

台安

民国十五年（1926.2.8）

（三）

敬再启者：

下走以欲致力教育而投身实业。实业在农工商，在大农大工大商。初苦农无大地，商无大资，则先就土产良棉，营纺织工厂，继有纱布则及于商，继有海滩则及于农。然恶市侩之近窃，恶荡棍之近盗，故矢志不为市侩之商，不为荡棍之农。然既不能尽人而知，即不免为群小所惎，如沙田局之屠文溥是也。

南通保坍会，非农非工非商，而地方公益之事也。江

阴、常熟人师荡棍之所为，塞从来江流水道三之二，冀壅沙涨地以自利，而增南通江流湍盛之坍害。官厅不察，歆其缴价之收入而许之，又迫于南通地方据测图测表力争之公理而三分，认为可以收入之一百八十万，以一归官收，一充扬子江下游治江，一以半给常熟辟套泄水之费，半给南通偿损楗削地之费，明白定案。南通当时并声明，塞夹之地不论江、常人，或自利，或移转他人，赔偿费南通不与直接授受，均请官厅负追给之责。案牍具在，炳若丹青。

南通筑楗始民五，地方竭蹶，筹款几二十万，历四年之久，成楗十二。民八北夹塞，江流量加，逾年春涨伤六楗，毁二楗，官厅委员屡勘屡议，而后定赔偿之案。而南夹于民十又塞，南通坍害乃愈延愈长，昔可十四五楗止者，今乃须二十五六，每楗费工料一万五千元。前赔之十五万培修五至十，加筑十一至十五，用已垂罄。傍坍乡民呼号督责，要求更筑十楗之声，日盈于耳。继索赔费十五万，亦诚迫不得已。乃一再声请照案追赔，而沙田局前后总办辄代逼水害人卖地弋利之福利公司托穷延宕，辄于被害坍地索赔自卫之地方多方拒却。是何用意，吾不敢知；曷作此态，吾不敢测。要之不公不平，则彰明较著，可断言也。此一事也。

通海垦牧公司之成立，今已二十八年。此二十八年中，自测自丈自核，及官厅委员地方官复测复丈复核，经过不止十次。有图有表，有册有案，有地有界，有粮串，有契据，有印刷布告，岁赋不少分文，地亩未讹一寸。事非可匿，案非可私，自以为别于荡棍者即此。乃自陆锄经等请领垦牧界外海滩案发生，沙田局忽有"垦牧地亦不符，尚须复丈"之说，沙田局凭案乎？凭图乎？凭册表乎？凭人言乎？凭臆度乎？漫然见之文书，自必确有依据，下走于此亦惊亦惧，惊者官厅突见能烛无朕无兆之人才，惧者下走行事尚乏及豚及鱼之诚信。下走虽老，犹喜闻过，察吏司刺，宁可书空，必求实地证明，是亦推诚相见。此一事也。

所可异者，屠文溥于报部文中溯述前事，推阐已功，一若南通前得保圩之赔偿，等于攫取公家之收入。一若该局微文溥之智勇，无人拒南能之取携。示吞吐言外之有人，借描画老夫以取重。长官易蔽，局差庶延，穷其机心，不过如此。而仍无所获，悯之而已。尤可异者，沙田局忽设崇海专局，委任一前在南通行止不端、人所吐弃之顾南庸为委员，地方公拒之，而彝伯独任之，亦若其人为可了此事者，则下走所深疑也。然下走终望彝伯之实事求是，迩言必察也。旧正新岁，江水安流，风日晴煦，千万希为劝驾，辱临下邑，当与陪视楗工，同履垦地，亲贤长官之高论，拾咨议局之坠欢。彝伯虽公冗，当不草莽我也。除保圩会、垦牧公司另呈攀请外，特覼缕南通必请局长亲临之故，以澈清听，幸赐省谅。敬请

大安

民国十五年（1936.2.8）

（四）

陶遗仁兄省长大鉴：

　　江苏水警前钧和舰长刘瑞亭以垫发薪俸三千余元一案，前曾为达于省。顷复来函并抄厅令及总务科函，内叙尊处指令仍无要领等情。刘以尊令谓事关通案，系指全省之欠饷；刘所求者乃厅已核发，而刘前厅长光所吞没者，实属两事云云。退职军官被吞饷款，情自不甘。但屡来聒絮，未便壅闻。特将原函奉察。敬请

　　大安

民国十五年（1926.7.7）

（五）

陶遗仁兄省长大鉴：

　　比闻徐君静仁言，南通卢县有另调之说，意若风示。当时私度以为卢所办案，事实具在，未必省中有此，尤不似出之省长。及卢归述兄言，乃知徐说未确也。现驻通七十六旅奉调他驻，被淘汰者尚退留通地，军虚地僻，益启匪徒觊觎之心。故乡市盗案，层见叠出，且均有械伤人。现方组织乡团，地方长官责守攸关，值此时机，不宜轻动。乡团之组织开办及经常费，均由地方担任。俟成立后，再当报案。如已自有警备队，拟更联海门，亦设二连。惟海门周县，人极长厚，适于政简刑清之缺，匪盗繁剧，虑非所宜耳。为地方计，愿公有以策之。专肃奉布。幸赐察注。敬请

　　大安

民国十五年（1926.7.23）

附同信另稿：

一昨静仁过此，述公为卢知事去留避就之踟蹰，甚为讶笑！谓出于省长不可，出于公个人则可。出于今日心目中之公则可，出于生平心目中之公亦不可。是非邪正与利害得失，本两事也。卢知事顷自省回，述公所教，则又爽然于生平心目中之公，固未有异也。国难未易置词，江苏伏莽之隐患亦随处而有。闻七十六旅将有调赣之说。通海与苏沪接近，市贾乡农之观念：有客兵，虑兵为患；无客兵，虑匪为患。近十日内，通海盗劫伤人之案叠起，地方拟及旅部未调以前，合原有军警机关改组县保安队。开办经常各费皆由地方筹任，不敢望庇，聊自防害而已。惟事必县长主之。卢知事以熊姓被害案，侃侃持正，颇受人民称许，不难措手。惟海门辅车相依，而长官过于仁柔，平日包围于群小。每与之谈，亦自觉苦。公如何策之？窃瞻后命。

敬请

　　大安

（六）

陶遗仁兄省长大鉴：

顷据义农会斐义理函，对于南京分会，颇有不满之意。查该会成立于十年之前，当时走方忝任农商，故种树演说，与闻其事。兹据所称果确，似非由宁垣官绅另举廉干之员管理不可。用特抄函奉察，乞更与地方绅耆及仇徕翁洽行。今世漓薄，攘利何止宁人？然必不可以同为证，以多为衡，

令外人齿冷也。公谓何如？敬颂

　　大安

　　　　　　　　　　民国十五年(1926.7.下旬)

熊希龄致陈陶遗函

径启者：

　　鄙人道出沪上，突被会审公堂拘去，嗣由朱关督提出保单，银一万两，始允保释。此事如仅系私人问题，本无告知贵省长之必要，但关涉国权及全体华人自由财产安全问题，又适值收回公堂交涉进行之际，不得不将会审公堂种种违法之处，略述如下，请贵省长予以相当之处分。

　　一、查上海洋泾浜设官会审章程明载："遴委同知一员，专驻洋泾浜管理各国租地界内钱债、斗殴、盗窃、词讼各等案件。"可知会审公堂所管辖之民事案件限于"租地界内钱债"。至于租地界外之华洋诉讼，自有历来条约及司法部所颁华洋诉讼办法可以根据，不能与会审公堂并为一法。本案美人怀德与长沙华昌炼矿有限公司契约争执，按照以原就被之条约，及民事诉讼条例第十四条，应由被告普通审判籍所在地之法院管辖，而按照公司律第四条，公司以本店所在地为住所。又民事诉讼条例第十五条，普通审判籍，以住址定之。是华昌公司之普通审判籍为湖南长沙，其非租界内之钱债案件，一望而知。乃会审公堂越权管辖，推其意，直欲将全国之华洋诉讼尽置于公堂管辖之下,如此漫无限制,显非洋泾浜章程所许,此万难容忍者一。

二、希龄住居北京,如对于外人果应个人负责,则按照民事诉讼条例第十四条及第十五条第一项,尽可在北京之普通审判籍依法起诉。如公司内部应有负责之处,则按照民事诉讼条例第二十一条第一项,亦可在华昌公司所在地之长沙依法起诉。乃北京、长沙均不闻有起诉之事,忽因经过上海,受会审公堂非法之拘传,是会审公堂无端扩张管辖,竟北至燕赵,南达潇湘,此万难容忍者二。

三、此次所出之票,其名则曰传,其实则为拘。最可骇者,该票系民国十二年所发,为三年前之旧物。据该会审官关絅当场解释谓:"此系无效之废票。"既为三年前之废票,试问正会审官所司何事,何得听其使用,此其一。既为废票,则非法拘传,当然无效,何以拘传到堂后,正会审官不予纠正,反勒令交一万两之保,此其二。查公堂向例,非经正会审官签字,例不得出票拘传。今正会审官关絅,既签字于前,又宣告无效于后,既对华人宣告无效于前,又对外人承认为有效于后。可知十五年来,断送国权,皆关絅一手经理,此万难容忍者三。

四、会审公堂既无权管辖,自不必问其判决之当否。但仅就判决而言,亦诸多离奇。查本案民国十二年十一月十九日堂谕,已切实声明有限公司之董事股东,不能负无限责任。又民国十三年一月二十三日之堂谕,又声明民国十二年十一月十九日所下之判决已经确定是公司律第一百二十六条所认各股东之责任,以缴清其所原认或接受之股分银数为限者,公堂已不能加以否认。即公堂在民国十二年所发之传票,已由公堂之判决而处于无用之地,乃公堂一方宣告判决确定,一方又将判决确定前之传票作为拘票,将不负责任之董事拘案要保,此其不能自解者一。既认股东责任,仅以缴清股份银数为限,断不能于公司律之外更加以何等责任,乃公堂十三年五月十日之英文堂谕忽又言:"勒令袁恩亮、谭泽闿、梁焕均三人切实扶助执行,如扶助不力,当科以侮辱公堂之究。"此如无论强制执行为法庭之权力,在股东并无扶助之权能。而参照十二年十一月十九日之堂谕,已将自认之确定判决变为不确定,此其不能自解者二。按照公堂历次堂谕,鄙人既无履行契约之责,并无所谓扶助执行之责。乃民国十三年九月五日忽下英文堂谕(汉文未发布),谓"杨度、熊希龄、左宗澍三人,显系漠示本公堂判决案,已发提票捉案办理",此更离奇。因按照判决鄙人既不负何等责任,又不住上海,又从未到堂,试问所谓漠示者如何?所谓不漠示又将如何?此其不能自解者三。凡此种种,可见公堂漫无定章,当事者任性而行。但求扩张权力,惟所欲为,此万难容忍者四。

基上理由,应请贵省长令饬上海交涉公署,对于公堂越权管辖种种违法之处,提出严重抗议。并对于华会审官免行申饬,责令将违法之传票及交保处分依法撤销。事关法权,请烦查照施行,至纫公谊。此致江苏省长陈。

赵凤昌致陈陶遗函(三件)

(一)

南京都督府陈陶怡君:

　　苏密。经武来商,精卫与切要处研究大局,已一致和平,对于前途,亦力趋稳定。惟望中央勿遽信伪谣,勿骤有更动,俾汪更易进行。请商雪、啬二公,速密电中央,免生阻碍。惜阴。歌。

六月五日九点五十分发

　　(按:1913年6月2日,蔡元培、汪精卫从欧洲赶回国内,到达上海后即与胡瑛一起,同赵凤昌取得联系,希望通过赵凤昌和张謇,去同袁世凯谈判,调和南北政治冲突。6月5日,赵凤昌致陈陶遗电说:"经武来商,精卫与切要处研究大局,已一致和平,对于前途,亦力趋稳定。惟望中央勿遽信伪谣,勿骤有更动,俾汪更易进行。请商雪、啬二公,速密电中央,免生阻碍。"经武即胡瑛,"切要处"当指孙中山和黄兴。雪、啬即程德全、张謇。)

(二)

　　南京程都督、陈陶遗君,并转张啬公:邮电想达,季、萃顷谈更近,惟须贯彻,务请坚邀啬公偕陶即日来沪。至盼。乞复。惜阴语。

六月六日夜九时发

(三）

赵凤昌回刘垣、陈陶遗电

南通县急。唐家闸大生厂陈、刘：仍旧进行。昌。

六月十一下午三时发

姚石子致陈陶遗函（二件）

（一）

弟命途多舛，去岁突遭室人之丧，猥承亲临殡馆吊唁，复蒙赐以挽联，曷胜衔感之至。尊联写作佳绝，拟制板印，冠《哀跡集》首，俾得藉垂久远。弟洊经骨肉之戚，意志摧绝，今觉举目皆非，虽欲强自抑制而不可得也。我兄仁者，其将何以教之乎？忆十年前长男昭明之殇，承赐长笺，捧诵之下，恍如暗室见灯。辛酉、壬戌迭罹大故，数接故人弘一大师垂教，并印其所书赞颂三种合册，由兄署首，五内惨怛稍定。窃念安身立命，资度亡者，端仗我佛慈悲无边法力，今颇思精印经典一种，未识以何种为世上所稀传而众生所急需者？伏乞指示。

三月十六

（二）

奉三十日手教，捧诵之余，感惕交迸。崇孝之说，深惬鄙怀。盖尝识世界之得以演进，人类之不至灭绝，惟孝之一字维系之也。沈先生书《弥陀经》磨崖，往在湖上曾往仰观，其所著《报恩论》及《需时眇言》，极愿为之传布，我兄可为料理,无任欣企。尊藏印本如先赐一读,甚幸。倘卷帙不多,望付邮直接寄下。前湖南友人田星六,恳求法书楹联,得暇乞即挥之。

四月十一日

苏曼殊致陈陶遗函(五件)

(一)

道一居士侍者:

别更弦望,少病少恼,深慰下怀。辱承宠招,无任惶恐!前以幽鄙无状,误信游言,致开罪于慧君,思之叹悔无已。幸居士愍念其慧根微弱,即所以惠天涯飘寄之人也。自初二日,已谢绝花间之约,云、华二子,为作证明。重九登高,居士其携慧子招我于茫茫烟水间耶?

曼殊死罪死罪
(癸丑九月·上海)

(二)

枉顾失迎,良深歉仄!髯公之约,又不克追陪末席,愧负何言!晤云、华二子,务望为我善视之。连日部署东归事,困顿不堪。吾公何时得暇?留沪尚有几日?望示知之,当图良会也。子奇早已东渡,公知之未?此上
道一居士

曼顿首顿首
(癸丑十二月·上海)

（三）

道兄左右：

一别逾月，无时不思。起居何如？想清豫耳？

瑛东渡，居西京、大久保、早稻田、追分町各地，将赴大森，意由热海归国，谁料旧疾缠绵，异域飘寄。京都虽有倚槛窥帘之胜，徒令人思海上斗鸡走马之快。

连日背医生往亲友家大吃年糕，病复大作，每日服药三次。足下试思之，药安得如八宝饭之容易入口耶？蕙娘、三宝、五姑、黄九辈，时相见否？幸为和尚口述一切。明春当来海上观花，未识犹有旧时皮气否耳？

瑛今晨仅能食面包少许，及饮牛乳、可可，鸡子则不忍唊之。医者嘱静卧，四顾悄然，但有梅影，不我遐弃，时惠好音。

蕙娘无恙！

十二月廿六日瑛谨状

（癸丑12月·日本）

东京汽车较马车便宜，老三、老五、老九齐来都坐得下，非独蕙姬一人可坐也。三月开大正博览会，有食人蛮族，长尾生番。望道兄偕蕙姬东游，老僧自当扫榻以待。老僧看破红尘，决无揩油之理。三宝垄女翻译林玉娘女士，俊迈有风气，精通荷兰语，老僧欲为震兄作月下冰人。望道兄亟从臾之，所谓君子必成人之美也。

今日复静卧，医者甚严厉，不许吸雪茄、吃糖果，饮牛乳可可，糖亦不准多放，余甚思一飞来沪大吃耳。

连日风气和朗,翠袖红妆,往来不断。前日有丽人就病室问余病状,入时余以为老某来也。道兄东渡,务望拖震新同来,吾有真真示之,省得将照片寄去,人又谓花三个铜板买来,耐说讨气不讨气姐?嗡得来!

蕙娘画债,至今未偿,惶恐无量。

二十七日

(四)

道兄、蕙姬无恙:

至东不乐交游,故来看余病者,日仅二三入。尽日静卧,医师诫勿外出,欲一至儿时巷陌亦不可得,思之黯然!

病榻之侧,有碧磁火钵,余每面向之,犹忆念与道兄居新小川町烘面包涂八达之时乐也。今如梦寐耳!又忆一日随道兄赴蒲田园,观牡丹、菖蒲,有丽人情意恋恋,瞩盼不舍。道兄岂不思念之乎?病室之外,有枯桐数株,举头望月,尚念海上解语之花,不识飞向谁家耶?老三、老五、老九,究属少病少恼否?敬求道兄为善护之,天心自有安排耳。余屡问医生!吾病何日可愈?何时可至上海,食年糕、八宝饭?医生笑而不答。迹彼心情,将谓和尚犹有揩油之兴,不宁冤哉!

今日天气阴晦,藕生过存,席上佳人,一一都被藕生惊散矣,藕生情性中人,余甚爱之,话南洲往事,蝉连竟日,闻街上卖豆腐"乌乌"之声,始仓皇辞去,谓明晨功课忙,留不得也。藕生尚为老僧唱爪哇曲子云:"英—英——马利——

布兰——尼故拉——支那"。此调之不闻久矣。

今日病愈不佳,静卧病室,无人来访。

廿八日午后三时
（癸丑12月・日本）

（五）

燕影子谨拜道兄：

动定有相,甚慰,甚慰！前奉去一笺,托震兄转致,想已登砚北矣。

春晴淑景,缅想道兄乐事正多。蕙子、雪三、五姑都无恙否？晤时务望为山僧口述想念之殷,感篆无量！山僧肠病,稍觉清爽,无足念也。医者诫勿遨游。拟阴历三四月间西归,为梨花洗妆,未审横塘柳绿间,可得吴波容与之盛否耶？藕生昆贵,同在江户,亦盛念吾道兄也。

羊日灯下　燕影匆匆白
（甲寅正月・日本）

附录五　陈陶遗哀挽录

1946年4月15日,陈陶遗先生应友人招待午宴。席未终,突感不适,及时回家,卧床治疗。两周后,终因心脏病发作医治无效,于1946年4月27日（农历三月二十六日）中午一时三十分逝世。终年66岁。

陈陶遗先生私谥议

　　陈先生陶遗，早岁奋志革命，而持重有谋略。我苏在辛壬间，当易帜之际，能一尘不惊，旋即底定者，先生实阴与有力焉。自是先生见攘夺权位者之多，常私忧窃叹，以为非国之福。而究心佛学，隐遯自甘，盖有由也。虽其后曾出长苏政，然比及一载，遽返遂初，亦可以知其志矣。自日寇构乱，国濒于亡，先生高卧深居，不为利诱，贫病交迫，时历八年，至鬻书籍以维家食。盖棺之日，囊无一钱。综厥平生，若先生者，殆可谓贞洁自好、沉毅退让之君子也。自先生卒后之二月，乡之人士群集于沪，议所以易其名者，佥曰："以党国之熏灼，滔滔者皆以致富，而先生独贫，不亦贞乎？力行而无畏，有功而不居，不亦毅乎？"遂易名曰"贞毅先生"。按，谥之制，所以表行之迹也，历朝用之不改。而此典已不行于今，若私谥，则非所限也。古者将葬而有谥，若私谥固非以时也，谨议。

中华民国三十五年七月七日金山同乡会公上
　　　　世小弟高燮撰文并书

悼陈陶遗先生

仁者亦智者，穷理闻前修。

智者亦仁者，身先天下忧。

夫子不出世，孤抱无与俦。

寄心十方外，虑世乃尔周。

　　　　　　　　姚鹓雏

祭陈陶遗先生文

维中华民国三十五年七月七日金山旅沪同乡会全体同人谨以清酌庶羞致祭于陈公陶遗之灵。呜乎！清政不纲，革命云起。维孙与黄，实为倡始。先生方壮，发奋自强。只身仗剑，远涉重洋。会集同盟，英豪广接。热血一腔，希风荆聂。南都忍死，讵意生还。此身许国，誓济时艰。辛亥冀春，羊城大举。碧血黄花，创深痛巨。秋风淼起，义树武昌。三吴响应，我武惟扬。国体方更，邦基未奠。远虑深谋，目光如电。成功身退，敝屣荣华。投荒绝塞，冰雪生涯。军阀祸苏，齐卢内斗。建节石头，伯符驰鞚。人心所繫，端在于公。太邱作长，无忝家风。骇浪狂涛，岛夷肆虐。狐质虎皮，奸伪熏灼。疾风劲草，不屈不挠。魏魏大节，非以鸣高。家祭毋忘，放翁空祝。目睹旌旗，自谓多福。忧危入载，老病相侵。天胡不慭，遽报星沉。国事蝍蟟，犹资鸿石。严穴无人，徵徵车莫。适山河莽莽，风雨纤纤，苍生之恸，岂惟闾阎。哀哉尚飨。

陈陶遗先生哀辞（有序）

呜呼！陶公竟从此逝！余于公初固不相识，自辛壬之际，习闻吾邑钱先生淦盛称公为同盟会中之践履笃实君子，心窃仪之。及民国十四年冬，公任江苏省省长，忽召余垂询县政，是为识公之始。当是时公概然有澄清各县县政之志，幕宾中如方还、沈彭年、黄守孚诸先生，咸谬举余，遂被任昆山县知事。公告余曰："处理县政，其可能行者、必须行者，当毅然决然以行之，功令不掣汝肘也。"昆山民俗醇朴，士习谨愨，可共图治，惟频年困于螟，秋收屡歉，时省署正通令各县除螟，余遂以治螟为治昆之最要任务，凡技术、经费、劝导、奖惩各大端，尽其所知建白于省。辄报可，且督促鼓励，令人感奋。十五年冬，公以奉系势力南侵日亟，遂去职。翌年春，余亦离昆，从此不相闻问者十年。抗战军兴，余避乱沪上，间往谒公，偶及时事，公喟然曰："抗战即胜利，亦知胜利后果，得脱外来之桎梏乎？如此自力，何能更生？"公言至此，若不胜欷歔者。去年吾国果胜利，跻于强国，余颇致疑，公言以论事过酷？呜乎！孰知公言固非酷耶！公今逝矣，公之言仍令余往来于胸中而不能去，余哀公正不仅为公哀也。词曰：

超然于是非毁誉之外，屹然于危疑振憾之交，惟无欲则至刚，斯独立而不摇。沪陷四年，腥膻弥天。有人以公之行藏为宪虑者，是不知公即特立之自全。凯歌声中人狗皆功，有人以公之出处为问者，是不知公有难言之隐恫。呜呼，蒿目有忧世之志，与世相违而不屑与之俱。合蒙叟两言而观之，是公之志也，夫是公之志也，夫公今逝矣！公之言胡令我往来于胸中而不去耶！

  历千辛身许国家，岂期到死国犹艰。
  接为和易风裁峻，忍受贫寒体力孱。

老病相侵关节侯，沈哀无语脱尘环。

并时谁是中郎笔？有道碑难一字删。

吴邦珍敬拜

敬挽陶遗先生

存亡遂分流，闻耗发孤警。春归人已去，大地岂人境。我行将南旋，道沪期造清。天乎不厌乱，敌退路终梗。遂令十年别，成此一诀永。箧中有远札，座右有遗影。淡墨着丰神，癯貌见骨髓。接物自和易，赴义独刚猛。平生忧国怀，到死尝仍耿。君今弃家逝，后死等赘瘿。望寄此章，临风送息哽。

丙戌夏立　夏后三日　闽县　林志钧

陶遗董事长　千古

课余茶话悲陈迹；

刼后藜光失导师。

上海市私立合众图书馆仝人谨挽

陶遗仁兄先生　千古

安乐故人多，犹见扁舟范少伯；

凄凉寒食了，谁旌縣上介之推。

愚弟　张元济　顿首拜挽

陶遗先生　千古

竟槁项寂寞而终,是国家社会诸般之不幸;

以黔首饥溺为念,非游侠隐逸两传所能赅。

愚弟　叶景葵　敬挽

陶遗先生　千古

开国著勋劳,抚辑乡邦,历劫中兴怀硕德;

遗经筹采集,追随杖履,论书两汉忆花①朝。

后学　顾廷龙　敬挽

陶遗先生　千古

蓄道德文章,不屈不挠,举目宗邦能有几;

处惊涛骇浪,无偏无党,伤心岐路抑何多。

南洋女子中学谨挽

陶遗先生　千古

早岁喜临池,中年参大乘,亦儒亦佛,气度雍容,事业重名山,余艺留传有书法;

效忠同盟会,革命实行家,能屈能伸,风云叱咤,仔肩冒万死,一生宝贵是贞诚。

金山县临时参议会、善后救济协会　同谨挽

---

① 抄本为"花朝",疑作"前朝"。

陶遗先生　千古

治时执政,乱世逃禅,苏省能有几个;
北伐功臣,南社巨子,金山只出一人。

张堰青年联谊社谨挽

陶遗先生　千古

耆英溯洛社,回念革命,宣劳千万里,航越重洋,披胆抒肝,扫荡胡氛光汉物;
主政在秣陵,咸诵循声,卓著二十年,韬居海上,思莼咬菜,坚贞励志抑高风。

金山县党部恭挽

陶遗乡先生　千古

革命奋前驱,历四十二年,险阻艰难,只为邦家造福;
治苏留遗爱,有三千万人,讴歌颂祷,岂徒闾里蒙庥。

金山旅沪同乡会　全体鞠躬恭挽

陶遗先生　灵右

宏才冠一代,初参政革,继建乡邦,晚年荷接纳,深佩典型遗后辈;
峻品足千秋,明能识人,廉以守己,前尘劳追忆,凄挥涕泪哭先生。

翁文灏　拜挽

陶遗先生　千古

白山黑水,别后无恙乎？化鹤倘重游,睹城郭人民定应一哭；
佛火钟声,魂兮归来也！听经邀旧侣,与雪公耆老各有千秋。

　　陶遗于胜利来临之日,满拟再游东北。又苏省辛亥同志在苏州构屋,为云阳南通筑堂纪念。两愿未偿,陶遗病中时引为憾。息壤在彼,后死之责,陶遗可瞑目矣。

　　　　　　　　　　　　　　　刘垣　哭挽

陶遗道先　灵次

此身入狱,此心出家,欲以匹夫当之,三年奔走空皮骨；
六劫重重,静观了了,报道先生去也,万古云霄一羽毛。

　　　　黄炎培　民国三十五年四月二十七日

陶遗先生　千古

尝为飞草,每自忘言,一代清流,而今已矣；
不入旋涡,全凭毅力,千秋定论,其在斯乎。

　　　　　　　　　　孙儆　拜挽　时年八十

陶遗先生　千古

以革命救国,毕此一生,闳识孤怀,在野能为天下计；
本肝胆论交,何止廿载,运筹借箸,伤心顿失老成人。

　　　　　　　　　　　严惠宇　顿首拜挽

陶遗先生　千古

仲举为天下义府；

渊明是羲皇上人。

弟　汤滌　顿首拜挽

陶遗先生　千古

抱不夺之志，具可为之才，落落寡欢，别有独居深念事；

凛乎若严师，蔼乎真益友，嗟嗟永别，更无便坐雅谈时。

弟　陈汉第　敬挽

陶遗先生　千古

壁间谁画老松楸，室有高人卧百忧，劫后九年才一面，别来十日忽千秋；

金陵夜雨留残梦，歇浦春潮咽暮愁，忍再驱车寻故里，西州门外泪空流。

弟　江问渔　敬挽

陶遗先生　千古

抗战八年，举国努力有今日；

阔别念载，接膝话旧竟无期。

弟　覃振　拜挽

陶遗先生　千古

建国尚未成功,赍志难瞑目;
执友又弱一个,抚膺大伤心。

　　　　　弟　胡朴安、徐蔚南　拜挽

陶遗先生　千古

革命不居功,历万苦千辛,公独弗争权利;
交友必以道,真三年一昒,我宁敢念是非。

　　　　　弟　瞿钺、绍衡　鞠躬拜挽

陶遗先生　千古

日下交游早相许,当冠来时,居隐深潜,守正不阿牛马走;
云间耆旧半凋零,读艺概论,藏峰波磔,文章应视十三行。

　　　　　乡小弟　沈节　敬挽

四月二十七日病中闻陶遗吾兄作古,不觉怆然。枕上偶成一十四言,翌日遂书以为挽,即希冥鉴

老去参禅空我相;
早年革命实行人。

　　　　　社世弟　高燮　拜

外祖父大人　千古

平时教养兼施,念孺子未成人而今谁赖;

此日音容顿杳,见母亲常下泪能不伤心。

功服外孙姚慈受(沈沉)　泣挽

硕德常昭

姚墨谦　拜挽

又弱一个

愚弟　徐寄顾　拜挽

挽陈陶遗先生

赤松之里有子房,其颡类尧其身长。幼从名师学兵法,壮交国士走四方。其时胡儿据中国,独怪异种亦种王。亡秦必楚虽三户,女真何似强秦强。博浪一椎天下动,秦失其鹿如亡羊。志士舍生在报国,岂为口腹恋稻粮。国仇已复愿亦了,何须衣锦还故乡。功高不居范少伯,扁舟远去陶可商。塞北蒿莱〔难〕自翦,殖边所以资边防。但望从兹释兵甲,与民休息国其昌。奈何十年群龙战,先生俯视〔查〕民伤。如有我用当兴周,为民奚择孙兴杨。汉用黄老天下治,政清不事多更张。日计不足岁有余,厌乱人益思甘棠。去位速贫今所罕,家园葵藿不忘尝。所悲老去犹历劫,半壁沦溺生灵殃。八年忍饿砺坚白,岛夷失道终自亡。生见凯旋死非憾,自古谁不归北邙!浊世完人今有几,先生千载余芬芳。

高君实

附录六 陈陶遗大事年表

一八八一年,清光绪七年(辛巳) 一岁

3月13日,先生出生于江苏省金山县松隐镇。

父陈遇泰,字惕甫,秀才,行医为生,在当地颇有名望。母章氏。

长兄陈公球,字景贤;次兄陈鹭,字振飞,均中过秀才,后皆随父学医,并在当地行医。

先生原名公瑶,又名水,化名剑虹,字陶遗,亦作陶怡或淘夷,又字止斋、遇泰子;号道一、卧子;别署道公、淘水、公瑶、观体、天真道人、赤松旧子。

先生幼年受业于从伯父陈砚田(字锡圭)的兰秀堂馆。

一八九一年,清光绪十七年(辛卯) 十一岁

父惕甫公逝世。

是年,长兄公球亦过世。全家依靠次兄振飞行医维持。

一八九六年,清光绪二十二年(丙申) 十六岁

从伯父陈砚田过世,先生改从华亭顾泰云(字钟泰)先生读书,顾泰云先生是当地有名的诗人,慕名者甚众。而先生从其作文,常以腹稿誊写而不需任何修改,令同学者惊异羡慕,而先生亦由此打下诗词文赋基础。

一八九九年,清光绪二十五年(己亥)　十九岁

与松江张泽王夫人结婚。

一九〇〇年,清光绪二十六年(庚子)　二十岁

长子端白(字定)出生。端白后留学德国,获得医学博士学位,曾在上海开设诊所,一九四七年去世。

一九〇一年,清光绪二十七年(辛丑)　二十一岁

先生于本年考中秀才,并开始在家乡教书。

与华亭黄见石(即费龙丁)、毗陵冯超然结为好友,三人都爱好金石书画,后皆为有名的书画家。

一九〇二年,清光绪二十八年(壬寅)　二十二岁

女儿印白出生。

一九〇四年,清光绪三十年(甲辰)　二十四岁

母章太夫人去世。

一九〇五年,清光绪三十一年(乙巳)　二十五岁

原配王夫人去世。

清朝政府废科举、兴学校,先生发愤深造,离家考入松江融斋师范学校读书。在融斋师范,因反对学堂"三棍"(善棍、赌棍、淫棍),经理杨荫安,与同窗朱伯可、周梦熊同时被学校开除。

离开融斋师范后,先生受民主革命思想影响,决定赴日本早稻田大学留学,学习政法,立志强国。

在日期间,由时任同盟会江苏分会会长的高旭介绍,加入同盟会。入同盟会时,先生改名"剑虹"。同年结识黄兴,并加入光复会。

一九〇六年,清光绪三十二年(丙午)　二十六岁

年初,接受同盟会任务,先生和高天梅等人离日返沪,在上海任教中国公学。中国公学创办不久,内部产生矛盾,先生与高天梅等江苏省藉人一起退出公学,并另在老西门外宁康里创办健行公学。先生与高天梅、柳亚子、朱少屏等人担任健行讲师,宣传爱国主义、民族和民主革命思想,健行遂成为同盟会上海分会和江苏分会在沪秘密机关。同盟会在日本东京出版的《民报》《复报》《洞庭波》《鹃声》《汉帜》等刊物,也通过健行公学发行,先生经常带着这些革命刊物到福州路奇芳茶楼宣传民主革命,一面饮茶,一面售书,围观、购书者甚众。

7月,孙中山先生乘法国邮轮由日本去南洋,船过上海时,由在法租界公董局工作的法国友人通知同盟会同志约见。先生曾与高天梅、朱少屏、柳亚子等人代表江苏分会,坐小船到吴淞口外大轮船上向孙中山先生请示工作。先生因反应机敏、思路清晰引起中山先生的注意,中山先生建议先生去日本担任同盟会机要工作。

是年秋,先生被调到日本同盟会总部,担任同盟会江苏支部部长,兼任同盟会暗杀部副部长。同时接办《醒狮》周刊和《民报》。

在日期间,章太炎每次讲学,先生都去听讲,成为章太炎的学生。章太炎常和同盟会会员有争论,但是和先生很少有不同意见。在这期间,章太炎为先生改名为"陶遗",意思是"陶唐氏之遗民"。

一九〇七年,清光绪三十三年(丁未)　二十七岁

先生继续在日本担任同盟会江苏支部部长,兼任同盟会暗杀部副部长。继续《醒狮》周刊和《民报》的编辑发行工作。

一九〇八年,清光绪三十四年(戊申)　二十八岁

7月,先生受同盟会指派,携带枪支、炸药由日本回国,准备刺杀两江总督端方。由于同盟会叛徒刘师培告密,先生回上海的第二天(7月9日),在十六铺码头搭小轮船回松隐老家时,被端方的爪牙搜出"中山"、"剑虹"两个小图章,并被押送至江宁监狱。先生在日本办《醒狮》周刊和《民报》时,和印刷厂联系都用"中山"、"剑虹"两个小图章作为印信。刘师培知道这件事,因此清朝警方根据这两个小图章大致确认先生身份。不过,先生从日本带回的枪支、炸药,

在前一天由先生的外甥蔡模秘密运到乡下,蔡模听说先生被捕,立即把枪支、炸药沉入黄浦江中,使得清当局得不到更多的证据,因此无法确定先生罪名。

先生在江宁狱中十分艰苦,曾用"佛头着粪"自我解嘲,但却并不颓废。

先生被捕后,柳亚子、高旭等纷纷写诗表示担忧与怀念。柳亚子有《高阳台》词一阕怀念先生:"旖旎红萧,温柔碧玉,算来此福难消。雨雨风风,春光一霎飘摇。魂消心死都无赖,盼伊人路远难招。最伤心马角乌头,梦也迢迢。雕笼鹦鹉深深锁,叹聪明误汝,翠羽萧条。如海侯门,萧郎怎忍轻抛。黄衫侠客今何处,更谁能盗取红绡。原将来成骨成灰,私誓坚牢。"自注"闻道一被系而作"。

而许多知名人士也纷纷出面营救,南通张謇致电端方:"敌可尽乎",并亲自赶往南京与端方交涉,先生这才被解押到江南巡警总局,去掉了桎梏,稍得宽待。另外,李瑞清、袁希洛及许多南社友人也都曾通过上层关系了解先生被捕后情况,并努力设法营救。

在狱中,先生用进步思想感化清朝狱卒,从巡长到巡士,先生都以诚相待,相处时间久了,其中竟有因为信任和尊敬他而拜他为师的。如江宁狱中典狱官湖南人涂某即如此,后来先生任江苏省长时,涂某的儿子涂开舆(南社社友)还在他手下做事,当过金山县长;狱卒李心民,后也一直与先生有往来。

一九〇九年，清宣统元年（己酉） 二十九岁

9月7日，先生获释出狱。

出狱前，端方在两江总督署接见先生，想笼络先生，要他做幕僚。但是，先生没有动摇，以"学问浅薄，还要好好读书"等婉拒。

出狱后，先生写诗明志"死别未成终有死，生还而后始无生"。

闻先生获释，柳亚子、高旭约先生至金山张堰万梅花庐相见，于9月7日至9日，痛饮三日，无日不酒，无日不诗。并商定南社成立的一应准备工作，约定由高撰宣言定宗旨，柳亚子写社例定社事，陈去病拟启事以资召集。此次万梅花庐的三人相会，就建立南社落实了所有具体事宜，南社呼之欲出。

不久，先生应嘉善法政讲习所之聘，赴嘉善任该校讲师，此校为我国最早的政法专业普及学校。

11月，柳亚子、陈去病、高天梅发起组织革命文学团体"南社"，以诗文鼓吹革命。13日，南社在苏州虎丘举行第一次雅集。先生由嘉善赴虎丘参加了南社的第一次雅集，成为南社的中坚分子（不但是第一批社员，而且曾参加新南社、南社纪念会）。

11月4日，南社第一次雅集后与柳亚子、朱少屏访汪东。

该年介绍蔡模、顾彦祥、李拙、孙逸清、周尚宽、朱叔源加入南社。

一九一〇年,清宣统二年(癸戌)　三十岁

与郁湛真结婚,郁夫人嘉善人,小学教师。

继续在浙江嘉善政法讲习所当讲师。

4月10日,参加在杭州唐庄举行的南社第二次雅集,并赋诗三首,刊于《南社丛刻》第二辑。介绍沈钧业入社。

6月初,陶成章欲赴南洋发展光复会,先生与之同往。在南洋泗水等地讲学、办报宣传民主革命,同时在当地华侨中募集革命经费。

是年,在南洋陶成章极力推荐先生主持《新加坡报》,称先生极有道德、极有热心、极有才干、行事极勇敢又极精细。

一九一一年,清宣统三年(辛亥)　三十一岁

3月29日,受黄兴和赵声之托,先生携华侨捐款及武器由南洋至香港增援黄花岗起义,由于起义时间几次更改,船至港时起义已告失败。

6月,先生随陶成章再赴南洋,不久返。

10月10日,武昌起义打响,上海革命党人响应,推举陈其美为沪军都督。当时革命军缺乏军饷,先生携带在南洋华侨中募捐得来的革命经费及时赶到,这笔经费化解了陈其美的燃眉之急,使得上海的起义得以成功。

9月25日,由江苏、浙江都督程德全和汤寿潜发起召开"各省都督府代表联合会"代表大会,先生作为江苏代表参加大会,此次会议编订了《中华民国临时政府组织大纲》。

("各省都督府代表联合会"是辛亥期间已独立各省为筹组临时中央政府而成立的过渡性议政机构)

12月3日,先生在《中华民国临时政府组织大纲》上签名。

1911年12月至1912年2月,南北和议。孙中山、黄兴北上与袁世凯会谈,先生和雷继兴等随同参与会谈。这期间,先生奔走于南京、镇江、苏州、上海之间,经常和张謇、杨廷栋、雷继兴等人一起分析形势,为孙、黄政府出谋划策。

12月下旬,先生与赵凤昌、虞洽卿、张謇、黄炎培等筹谋,为使江苏百姓免受战乱之苦,动员驻江苏的清军反正。在此过程中,先生力排同盟会内部不同意见,坚决支持原江苏巡抚程德全,并全力说服程反正,程提出光复后任的江苏都督,先生亦全力周旋。按惯例先生时任同盟江苏分部部长,都督一职应为先生担任,但为江苏免于战火,先生放弃一己之利最终促成此事。程德全最终同意反正,使江苏得以和平光复。

12月29日,各省代表会议通过临时政府组织大纲,选举临时大总统。浙江代表汤尔和为临时议长,广东代表王宠惠为副议长。到会者43人,以每省一票为原则,共派17位代表参加在南京举行的临时大总统选举。先生代表江苏省参加投票。这次选举孙中山以16票当选临时大总统。结束临时大总统选举之后,全体代表推选汤尔和、王宠惠及先生作为特派员前往上海迎接孙总统赴南京就职。

下半年,先生接盘《申报》,并诚邀陈布雷加盟,陈因父命难违,仅允担任《申报》西报翻译(据《陈布雷回忆录》p.50)。后先生又向张謇推荐史量才主持《申报》,"史量才虽然年轻气浮,但上海滩上需要这样的人去干,才好应付"(据《中国传播史》赖光临著,台湾三民书局1978年出版,p.137)

是年,结识金融家,中国银行、保险奠基人之一宋汉章,并推荐其任北京储蓄银行经理。

是年,推介姚鹓雏入《太平洋报》作叶楚伧(小凤)的助手。

一九一二年,中华民国元年(壬子)　三十二岁

1月14日,先生赴武昌前,陈其美和陶成章之间的矛盾激化,陈其美竟阴谋指使蒋介石去上海广慈医院暗杀陶成章。暗杀当天,先生曾冒雨去沪都督府找陈其美排解陈、陶之间的矛盾,但是已经来不及制止陈其美。先生再赶赴广慈医院试图制止暗杀,但因所乘的人力车中途翻车,近眼眉处受伤,待先生赶到医院已晚了一步。后先生裹了伤赶往武昌,黎元洪看到先生时问他是否为流弹所伤。

1月,"中华民国国民共进会"成立,先生与沈钧儒等人加入。

1月28日各省代表举行会议,成立临时参议院,各省代表以参议员身份,推选林森和先生为正、副议长。

1月31日,先生参加临时参议会,并向大会提出了《参议院议事细则案》和《参议院办事细则案》,请大会讨论公决。

2月25日,因不满南京临时政府未遵循法律程序,擅用汉冶萍公司与轮船招商局的资产抵外债,威逼议员,先生提出辞职。

3月,先生与柳亚子等介绍黄侃、刘仲蘧、吴修源、姚鹓雏参加南社。

4月,孙中山解职让位于袁世凯。孙回上海后不久,与陈其美、戴季陶等至松江同盟会视察,先生热情接待,并被任命为考察欧美实业专史。

4月1日,叶楚伧在上海创办《太平洋报》,请先生担任顾问。

4月11日,统一共和党成立,蔡锷为总务干事,先生被选为该党常务干事。

4月13日,先生与柳亚子、叶楚伧等人联名致书陈其美,要求为周实、阮式迁葬,陈同意。

6月,孙中山力主武力讨袁,"黄克强(兴)先生遣章行严(士钊)、陈陶遗(剑虹)往说浙、楚领军者,皆无积极表示,国民党以是败。"

江苏都督程德全请先生接替他担任江苏都督,先生婉辞。

8月,孙、黄为抵制袁世凯,将同盟会与统一共和党、国民共进会、国民公党、共和实进会四党合并为国民党,同盟会江苏支部在苏州沧浪亭亦改组为国民党江苏支部,先生被推举为支部长。而在之后选举江苏省国会参众两院议员中,先生又当选,并得票最多。这次选举中,高天梅仅当选为候补议员。先生与雷继兴遂辞去议员,让高天梅补缺。先生不要名、不要利,厌倦政治斗争,已开始表现出来。

与宋教仁等发布孙元(孙竹丹)冤情公告,"详细介绍孙被害始末,为其白冤"。(据《群英传:辛亥安徽人物传系列》p.47)

9月8日,参与发起法律协会。(据1912年9月8日《申报》)

11月12日,南社在北京黄兴居所举行雅集,先生参加了这次雅集。

是年,先生出资赞助家乡松隐禅寺,凿放生池,植莲藕,建藏经楼,贮《大乘真经》。

一九一三年,中华民国二年(癸丑)

3月20日,宋教仁被刺。孙中山、陈其美坚决主张讨袁,黄兴认为革命军实力不敌袁世凯,不易取胜,反对立即发难。先生站在黄兴一边,双方争辩,陈其美对黄兴说:"你不主张讨袁,恐怕是被袁世凯收买了。"黄兴十分气愤,连夜赶到南京宣布讨袁。先生亦得不到谅解,回家隐居。第一次讨袁失败,先生受到袁世凯的监视,但仍设法在家乡掩护讨袁失败后逃到先生家乡避难的江苏第一师师长章木良、第二师师长冷遹。

5月底,在赵凤昌、张謇的授意下,先生同在沪的国民党"法律解决"派汪精卫、胡瑛等人共同商订了一份调停南北方案,其主要内容为:一、国民党"决心举项城为正式大总统"。二、袁世凯须申明不撤换皖、赣、粤、湘四省国民党都督。三、坚持"宋案"法律解决。(据《中华民国史·人物传》第八卷 p.5269)

6月11日,先生与刘厚生至南通,向张謇出示汪精卫等所拟南北妥协方案。

6月,任江苏省都督府程德全顾问。

10月8日,参加南社第10次雅集。

12月25日,参加陈去病、柳亚子创办的寒隐社。

一九一四年,民国三年(甲寅)　三十四岁

先生和黄炎培、沈恩孚、孟庸生、蒋孟平等人组织东井垦植公司,在黑龙江富锦垦荒,拓地二千亩,引用新式农具,招工分种。先生被推选为东井公司经理。这是先生第一次去东北,既为逃避袁世凯的监视,又转而远离政治斗争旋涡从事实业。

一九一五年,民国四年(乙卯)　三十五岁

继续在东北经营东井公司。

一九一六年,民国五年(丙辰)　三十六岁

依然在东北。与友人组织戍通航运公司,兼营粮食和印刷业。这两年中先生来往于上海、哈尔滨、富锦之间。

一九一七年,民国六年(丁巳)　三十七岁

次子修白(字业,又字同)出生。

10月,俄爆发社会主义革命,白俄廉价售船,先生集资购船,经营航业。

一九一八年,民国七年(戊午)　三十八岁

与黄炎培继续经营东北实业,来往于上海、东北之间。该年3月3、4、5三日曾连续赴黄宅,共同商议引进伊尔库火磨(用电动机或内燃机带动的磨)事宜。6月15日,黄得陈自东北发来函件,叙述"火磨"试用全过程。

5月15日,先生与著名爱国民主人士黄炎培先生联合蔡元培、梁启超、张謇、宋汉章等48位教育界、实业界知名人士在上海创立中华职业教育社。中华职业教育社以开展的职业教育实践为主要任务,开创了我国近现代职业教育的先河。先生是该社第一任经济董事。

7月20日,先生组织经营的戍通航运公司的"金山轮"试航黑龙江,成为中国轮船航行黑龙江之开端。

一九一九年,民国八年(己未)　三十九岁

在哈尔滨与孙畹移结婚,住新盛恒粮栈。

一九二〇年,民国九年(庚申)　四十岁

继续在东北经营戍通航运公司。时张复生创办的《国际协报》由长春迁到哈尔滨,张也随报移居哈,与先生为邻居,常与先生讨论国内外政治形势,张撰写社论时常征求先生意见,后二人成为儿女亲家。

在哈期间,广东的七总裁制军政府曾派莫文光到哈尔滨请先生去广东从政,先生谢辞。

一九二一,民国十年(辛酉)　四十一岁

先生于是年参加哈尔滨首个佛教团体"哈尔滨佛教会",并任该会干事。

一九二三年,民国十二年(癸亥)　四十三岁

继续往来于上海、东北之间。

3月12日,先生等人在哈尔滨发起成立"远东外交研究会",该研究会后来曾出版《最近十年中俄之交涉》等专著。(《哈尔滨历史编年》p.123)

12月25日,参加陈去病、柳亚子等创立的"岁寒社",并参加"岁寒社"三次雅集。

是年,发起组织全社。

一九二四年,民国十三年(甲子)　四十四岁

继续往来于上海东北之间

1月,国民党在广东改组,"周耘芍将朱执信命就谐,君逊谢而已。"(陈敬第《陈君陶遗家传》)。

是月,《江苏》发表先生《全社成立之经过》一文。

是年,国内军阀混战,江苏百姓深受其害,先生与江苏地方绅士委托《孤军》社组织人员调查卢齐战迹,了解战争给民众带来的苦难。先生向《孤军》捐金四百元。《孤军》于该月增刊发表先生所撰诗、文各一篇。

一九二五年,民国十四年(乙丑)　四十五岁

11月26日,与张一麐、褚辅成、沈恩孚、黄炎培、史量才等致电孙传芳主张发动"五省废督运动"。

下半年,江苏军阀齐燮元和浙江军阀卢永祥混战,江苏省深受其害,先生代表金山参加兵灾善后会,驱逐齐燮元。之后,奉系军阀杨宇霆接替齐燮元依旧横行江苏,扰民更甚。这时,孙传芳自称五省联军总司令,为收服人心,提出"苏人治苏"的口号,曾前后请张謇、张一麐出任江苏省长,未曾想二张均推荐先生,并亲笔写信给先生,请先生"勉为其难,尽力维护江苏的安宁。"先生无法推辞,于当年12月1日就任江苏省长,自称"不过看看印而已。"

1925年冬,直、奉军阀串通一气,反对广州革命政权,

排斥共产党人。是年11月,刚刚就任江苏省省长的陈陶遗,接到江苏省省部监察安员兼任金山县国民党常委李一谔(中共河南区委书记)来电,请求营救江阴县农民领导人、共产党员周刚直。电文是:"谨为钧长陈之,迩来青年从事救国者,反对之徒每以共产构其罪,赤化致其死,亦犹满末造,国民党之被摧残也。万恳钧长爱惜人才,予从宽宥,不胜惶悚之至。"先生同时还收到了与他一起参加南社和同盟会的柳亚子来信,也是请他营救周刚直脱险。收到李、柳来电来信后,先生立即查看相关呈文,及有孙传芳签署的逮捕令,设法营救。他急电江阴县,令周刚直押南京"由省府核查审理"。时任江阴县知事,是孙传芳的门生,竟对省府电文不予理睬。先生发电后,又与李、柳等人疏通其他方面人士营救,并联络舆论界人士向社会与当局呼吁。孙传芳见释放周刚直的呼声越来越高,竟不顾民情,悍然下令解散"佃农合作自救社",并于1926年1月16日秘令江阴县杀害了周刚直。陈陶遗得知后在1月20日让秘书姚鹓雏(南社社员,觧放后任松江县副县长)写信告诉柳亚子先生:"报载(周刚直被害的消息)是确,或由该(县)知事径电总部五省联军总司令孙传芳所致,此间实无所闻也……即希察谅"。

若干年后,姚鹓雏将先生等营救周刚直之事,写进社会小说《龙人套语》,并由柳亚子写了小序。该书原稿由柳亚子先生保存至解放,现由中国革命博物馆收藏。李一鄂电文现保存在金山县文化馆。

是年,被举为金山私立浦南中学董事长。

一九二六年,民国十五年(丙寅)　四十六岁

先生任江苏省长之时,政治上政党纷争、军事上军阀割据、经济上财源枯竭。先生就任前,与孙传芳约法三章,提出五个条件:一、总司令不得干涉民事;二、财政厅、民政厅全部使用江苏人;三、军方须确立军事预算,并规定在江苏省所能负担的数额之内,不得逾限;四、除正供及货物税外,不得另立其他税收项目;五、军队驻扎之地,一切自备。勿向民众摊派。

先生就任后,与丁文江、刘垣组成三人团,以理财为先,废除一些不合理苛捐杂税,减轻民众负担;同时重视农业、司法、教育、社会教化。废止"会审公廨",收回上海租界司法权。减免税收、清理财政、增加教育经费、创办乡村幼稚园。同时还偿还多年拖欠之省债、县债达九百多万元。

1月16日北京临时政府准备发行八百万元"春节库券",以应付年关各方之需,先生坚决反对。1月23日,陈陶遗与孙传芳联合致电北京政府,电谓:"承认九六条件,将六千万关款完全牺牲,为少数操纵九六者发财,国人决不承认。"

会审公廨是上海历史上在特殊时期、特殊区域内特有的一种特殊司法机关,由道台任命中方专职会审官(谳员),

与外方陪审官（领事）会同审理租界内与华人有关的诉讼案件。虽然名义上是属于中国的司法机构，但实际是外国人对中国在租界内的司法主权的一种侵害，1911年上海光复后，会审官弃职逃匿，英、美等驻沪领团更是乘机侵占会审公廨，主要的职位几乎都由洋人担当。五卅惨案后，各界群众强烈要求收回会审公廨，经当时江苏政府各界努力，最终于1927年1月1日，废止了会审公廨。目前所存先生与当时总理唐绍仪、淞沪商埠督办专署总办丁文江的信函以及陈陶遗、孙传芳致国务院的电报，都涉及此事。说明先生当时曾多方设法、尽心竭力操办此事：4月28日，孙传芳、陈陶遗与上海各法团运动收回公廨代表董康等商定具体交涉收回之办法。5月21日收回上海租界会审公廨交涉，决移归地方办理。孙传芳、陈陶遗电令丁文江会同交涉员许沅积极进行，丁、许由此日与英美日驻上海领事开始交换意见。11月中旬，陈陶遗再委任原山西高等审判厅厅长徐维震为临时法院筹备主任，会同丁文江、许沅二人与租界方会谈。最终在上下共同努力下收回了公廨。此事后，胡适先生曾评先生为"有良心的绅士"，并认为"如果没有先生的全力支持，此事将难以解决。"

5月，支持江苏省教育会（黄炎培、袁希涛、沈恩孚为组织者）提议，发布条例，使江苏教育经费成为单独列项，并特别设立卷烟税，以全部收入补充教育经费。

1925年6月和9月，美驻京公使馆前后两次照会我国参与世博会,但北洋政府因陷于混战无暇顾及,而孙传芳在先生和丁文江等有识之士的努力劝说下,于1926年1月15日,与先生联合致电上海总商会,准备"以五省之力"征集展品赴赛:"至所需经费,亦拟五省分认,闽、皖、浙、赣各筹备两万元,苏筹四万元,共合筹十二万元,总期悉归实用,不稍虚糜,谅彼此均有同情也。"并在稍后成立"浙闽苏皖赣筹备美国费城万国展览会出品预赛会",孙传芳任会长,陈陶遗等五省省长任副会长。最终促成这次参会。这次参会,我国共获得14类199项的大奖,取得了相当的成绩,同时开拓了国人眼界,加强中国在世界舞台上的影响力。

8月6日,先生与孙传芳一起邀请章太炎在南京举行"投壶古礼",并任"修订礼制会"会长,欲以"中国固有文化""感人心而易末俗"。

9月,南京河海工程学校举行毕业典礼,先生前往演说,提倡诚信。

11月11日,应陶行知开办乡村幼稚园建议,特拨款500元作为开办费,在南京燕子矶设立我国第一个乡村幼稚园。在燕子矶幼稚园的影响下,当时很多地方出现了创办乡村幼稚园的活动。

11月,先生的长子陈定(端白)留学德国,获得医学博士学位回来,在苏州教书,应淞沪商埠督办专署总办丁文江之邀拟任卫生局长。先生得知后代为谢辞。

12月24日,国民革命军北伐,国民党曾派人秘密和先生联系,准备通过先生和孙传芳结成联盟,共同对付吴佩孚。先生为使江苏免遭战争破坏,与孙传芳的军事顾问蒋百里一起劝说孙传芳。但是孙传芳没有接受他们的意见。孙传芳的军阀部队在江西遭到失败后,先生又给孙传芳分析形势,说服孙传芳投向国民革命军。孙传芳仍坚持顽固立场,竟向奉系军阀求援。先生十分气愤,对孙传芳说:"你不是江苏人,可以不顾一切蛮干;我是江苏人,如果江苏遭到战争的破坏,我有什么脸见江苏人!"于是,先生向厅长曾孟朴作了交代,要曾代理省长职务,悄悄离开南京。孙传芳知道这个消息时,先生已经离开南京。之后,孙传芳一再催促先生回南京,先生一再推托,又派长子陈定正式递交辞呈。

另据曾朴年谱,国民革命军北伐,孙传芳入赣督师,因军费的浩繁,要求省署加徵亩捐二角以应急,陈陶遗与曾朴力持不可,要求孙氏遵守他以前不干涉的诺言,孙氏势促力穷,不顾利害,强迫实行,於是陈陶遗挂冠而去,曾朴也称病请辞了。

是年,先生督修《泗阳县志》,并作序言。

是年,广州中山大学筹建,先生为筹建委员会委员之一。

一九二八年,民国十七年(戊辰) 四十八岁

先生"先后客游东三省特区行政长官朱庆澜、中东铁路督办李绍庚幕。"(陈敬第《陈君陶遗家传》)对于东三省地方行政,如:收回中东铁路的土地、举办教育等问题,先生都曾参加意见。

皇姑屯事件爆发,张作霖被日本侵略者炸死,先生意识到东北即将遭受日本的蹂躏,满怀悲愤回到南方。

回沪后任"大学院古物保管委员会"金山支会委员。

是年,先生出资重建松隐禅寺与华严塔桥。

一九三〇年,民国十九年(庚午) 五十岁

参加"中国科学社",并成为该学社赞助社员(根据1930年《中国科学社社员录》)。

中东铁路督办李绍庚钦慕先生,托友人来请先生任中东铁路秘书,先生因为友情难却,这也是他最后一次北上。

一九三一年,民国二十年(辛未) 五十一岁

"九一八"事变发生,先生回到南方,从此不再北上。

与马相伯联合唐蔚之、沈信卿、穆藕初等发起江苏省国难救济会。提出抵制日货,实行经济绝交;以科学发展生产,走富强之路;仿古保甲制以兵法部勒子弟,迅速"养成民国的自卫力";青年学生利用假期到农村去宣传抗日,唤醒和组织民众;"人人投袂而起,以马占山自期"等一系列救亡措施。

2月,加入沪上黄炎培等发起的"同尘社"。

孙禹辛出生。

一九三二年,民国二十一年(壬申)　五十二岁

次兄振飞去世,好友黄炎培送挽联。先生自小受次兄监管,视兄如父,兄盛年而逝使先生悲痛不已,后先生将长子端白过继在兄名下。

4月列席江苏省保卫委员会任委员,并与李根源于3月27日在省保卫团训练员教官补习所发表演讲《训练员应有之使命》。为该团团刊题团训:"要亲爱,要团结;要互助,要义勇;保我乡土,卫我国家。"

一九三三年,民国二十二年(癸酉)　五十三岁

好友史量才任上海市临时参议会会长,聘任先生为秘书长。上海市临时参议会由史量才、杜月笙、钱新之、虞洽卿、陈光甫、王孝赉、黄炎培等二十余人组成。

参加浦东同乡会,并自第二届开始在理事会担任监事。

一九三四年,民国二十三年(甲戌)　五十四岁

3月4日,柳亚子等发起,在上海西藏路宁波同乡会举行陈去病追悼会,到会109人,先生出席追悼会。会上胡寄尘提议仿效东林点将录和乾嘉诗坛点将录办法,作南社点将录,因为先生一向被认为是智谋之士,被点为"天机星智多星陈陶遗",排列第四名。

4月29日,赴马相伯宅为相老祝寿,时年相老九十五岁高龄,先生与黄炎培等26人参加寿宴,相老制词《千秋岁》,先生等亦赋诗作贺。

秋,与好友陈叔通、史量才会商,决定由《申报》馆出资五百元出版《远生遗著》(远生即黄远生)。

一九三五年,民国二十四年(乙亥)　五十五岁

4月,发起上海通社,并为《上海掌故丛书》作序。12日。先生曾偕徐蔚南访黄炎培,商议发起"上海通社"。后该社编辑出版所编辑的《上海研究资料》正、续两集,其中包括《公共租界沿革》《上海法租界沿革》《苏报案始末》《近代名人在上海》等许多珍贵资料。这些资料后汇编成《上海通丛书》三集。8月,上海通社又辑刊《上海掌故丛书》,先生为之作序。

5月,好友史量才被暗杀,先生为其选墓址在西湖之畔,并为其墓碑书丹由章太炎撰写的碑文《史君墓志铭》。并于5月19日亲自与黄炎培等护送史灵柩至杭州安葬。

8月,偕黄炎培等出席水灾义赈会,并捐款。

9月,章太炎先生创办"以研究固有文化、造就国学人才为宗旨"的章氏国学讲习会(据:《章氏国学讲习会简章》,《章太炎年谱长编》,第960页,北京:中华书局,1979年)先

生与马相伯、李根源、黄炎培等为赞助人。

11月10日,南社同人在苏州虎丘为陈去病举行公葬。晚上在城内中央饭店举行临时雅集,到柳亚子、朱少屏、陈陶遗、费公直、范烟桥等十八人。先生回沪后,撰写《陈去病公葬参观记》以记之,该文见《申报》11月16日。

12月23日,先生与柳亚子、徐蔚南姚光等人在玉佛寺追祭南社社员周芷畦。

12月29日,先生和柳亚子联名以南社纪念会请客,到姚石子、黄宾虹、胡朴安等21人,南社纪念会正式成立。

是年,《宇宙风》第2期登载先生《吾心坎中之孟朴》一文。

是年,先生被聘为上海穆氏文社特约导师。

是年,先生与周士桢(亭林市行政局局长)一起承建松江—松隐—枫江、松隐—南桥姚家行两条公路,以及建浦汽车公司。惜抗战爆发通车未成。

一九三六年,民国二十五年(丙子) 五十六岁

2月,与柳亚子等发起"健行公学校友会"。

4月26日,先生与翁文灏商议设"史量才奖学金"事宜。

7月,章太炎逝世,先生与沈恩孚、黄炎培发唁电致哀。

9月,与黄炎培、步惠廉等共商松江孤儿院事。

11月1日,至哈同路史宅,参加史量才奖学金团董事会。议定录取补助名额。

11月24日,"七君子事件"发生后第一时间与《中华民国临时约法》起草者张耀曾等奔走营救"七君子"。

一九三七年,民国二十六年(丁丑)　五十七岁

日寇在金山卫登陆,先生仍任上海市临时参议会秘书长。

1月16日,与翁文灏、蒋百里、汪精卫、曾仲鸣等人聚会。

4月,发起成立金山旅沪同乡会。

5月,与上海市博物馆董事长叶恭绰、上海通志馆馆长柳亚子共同发起组织"上海文献展览会",任副会长。(据《张元济年谱》1991年版,p.442)

是年,《史地杂志》登载先生《万季野先生祠墓落成纪念文字:读万石园先生诗文集》。

一九三八年,民国二十七年(戊寅)　五十八岁

日寇汪伪不断威胁、利诱,妄图迫使先生当汉奸,先生搭船到香港暂避。形势稍缓和,仍回上海。

国民党在重庆成立"国民参政会","聘任"先生为"国民参政员"。先生以年老体弱婉辞,回电:"古井不波"。

先生回沪后深居简出,户口簿职业栏内填写为"书法家"。临时参议会结束后,依靠写字和友人接济为生,家庭经济拮据,曾写诗描述当时境况,有"家贫难过节,身老怯增年"两句诗,并对人说:"我不过是一个穿长衫的叫花子。"又

对家里人说："只要你们能体谅我,让我没有不得不做汉奸之苦,余愿足矣。"

"江苏省第五期农民银行监理委员会"在兴化成立,江苏省政府聘先生任委员。

1938年3月1日,史量才之子史咏赓在香港发刊《申报》香港版。马荫良与赵叔雍等老臣都到香港指挥办报,赵叔雍拟就编辑部和经理部的名单,聘先生为总编辑。

秋,先生与好友沈思奇、徐九逵、胡启东(胡乔木父)共聚,并赋诗痛斥"寇焰疯狂"。

一九三九年,民国二十八年(己卯)　五十九岁

4月与张元济、叶景葵发起筹组合众图书馆(据《张元济年谱》1991年版,p.467),欲以"众擎易举"之义保存我中华珍贵古籍藏书不至流散异邦。

7月20日,叶景葵招饮,座有姚光、顾廷龙等。

8月,合众图书馆开始工作,由创办人叶景葵、张元济、陈陶遗具体负责。

是年,任上海新亚中学校董。

一九四〇年,民国二十九年(庚辰)　六十岁

汪精卫汉奸政府在南京正式成立,准备拉先生去当汉奸,先生知道后,先一步找汪精卫,晓以大义,加以劝阻。之后汪又一再要先生当汉奸,先生坚决拒绝。他曾向马叙伦回忆:"二十九年(1940年),精卫至上海,亟欲访我。我因就之谈,问精卫:'是否来唱双簧?'精卫即泣下。"

4月6日,合众图书馆召开第一次董事会,先生与张元济、叶景葵为当然董事,添举陈叔通、李宣龚为董事。

4月27日,上海《大美晚报》误译英文电讯,在报道中说先生出任汪伪政府的司法行政部部长,亲戚朋友十分惊讶,纷纷前来探问。经过查问,才知是"张孝移"英文汉译错误造成的。《大美晚报》除了慎重更正外,专门发表了访问先生的特写,称赞先生"高风亮节"。先生的好友、老画家汤定之先生用苍劲的笔触写了一张横幅"息缘闭户养病知闲",悬挂在先生的寓所。

一九四一年,民国三十年(辛巳)　六十一岁

太平洋战争爆发,日寇进驻上海租界,日军头目冈村宁次上门找先生,要他当汉奸,先生当面拒绝。之后,汪精卫还曾写亲笔信拉先生出任伪职,先生把信烧掉,不予理睬。

年间,蒋介石也曾写亲笔信请先生去重庆,先生以年老有病,无法成行为绝。

5月22日,与张元济、叶景葵同启《合众图书馆创办缘起》

8月1日,参加合众图书馆发起人会议。

8月6日,参加合众图书馆第一次董事会,张元济为临时主席。

8月19日,参加合众图书馆第二次董事会,选举董事长,先生当选。(据《顾廷龙年谱》p.204)

10月17日,偕陈汉第、陈叔通等参观合众图书馆馆舍。

11月,为合众图书馆免捐事托朱鹤翔弟朱步兰。

12月22日,参加合众图书馆第三次董事会。

苏联驻上海领事馆在日本帝国主义占领上海期间出版《时代》杂志,传播苏联反法西斯战争的消息,先生为《时代》杂志书写了刊名,《时代》杂志社当时曾按期派人秘密把杂志送给先生。

日寇一度搜捕民主人士陈叔通,陈曾躲到先生寓所,先生加以掩护。

一九四二年,民国三十一年(壬午)　六十二岁

1月27日,先生在自己无任何收入,鬻字为生的情况下,向合众捐基金万元(据《顾廷龙年谱》p.230),以示支持。后还曾多次向合众捐书,曾捐全套百纳本《二十四史》(据陈陶遗外孙沈沉回忆)。先生去世后,家人依他遗愿向合众捐书六箱,及先生与丁文江来往函札。

3月,日本人欲借"合众"每月初八分会开会一小时,先生与张元济、叶景葵、顾廷龙,分头设法,3月22日,张、陈约日本人协商,打消日人借屋之念。

5月25日,参加合众图书馆董事会第二次临时会议。

6月21日,顾廷龙访先生,就地方联保处欲借合众图书馆馆屋作办公处之事与先生相商,下午,先生与叶景葵一同往合众商榷。晚保长来,顾老告之:"无余屋可借。"

一九四四年,民国三十三年(甲申)　六十四岁

次孙陈远宁出生。

先生忧国忧民,贫病交加,肺病复发,因咯血住院两个月。

3月22日,参加合众图书馆董事会第三次临时会议。

6月25日京剧艺术家梅兰芳在太平洋战争爆发后从香港回到上海,蓄起胡须,拒绝公演,随汤定之先生学习画梅花。梅兰芳经常拜访先生,先生亦常访问梅兰芳。一天,先生访梅兰芳的"梅花诗屋",在座的叶誉虎、吴湖帆等名画家都劝说梅兰芳举办一次个人画展,先生带头为梅兰芳的画题字,后梅兰芳画展获得很好的成绩。

7月31日,参加合众图书馆董事会第四次临时会议。

一九四五年,民国三十四年(乙酉)　六十五岁

3月8日,参加合众图书馆董事会常会会议。

7月1日,金山同乡会在静安寺公祭姚光,先生主祭。

8月,抗战胜利,日寇投降。消息传来,先生十分高兴,对家里人说:"陆放翁的诗有一句诗'家祭毋忘告乃翁',这句诗现在用不到了。今天可以烧几只菜一家团聚一下,等于祭告了。"

这以后，国民党接收大员纷纷踊到上海，新老朋友都来访问，先生往往从早到晚接待客人，十分热闹，但先生早已无心从政。

12月10日，参加合众图书馆董事会常会会议。

一九四六年，民国三十五年（丙戌）　六十六岁

先生与在沪民主运动人士马叙伦、陈叔通、傅雷、张菊生等共同发表反蒋宣言（据《傅雷年谱》）。此为先生最后参与之政治活动。

1月23日，顾廷龙访，以"合众"立案呈文征求先生意见，先生阅后建议删去后半段，顾以为极是。

3月8日，请顾廷龙代写《经士英墓碣》。

是月，国民党胁迫先生任上海市参议会会长，先生坚决拒绝。此时先生已病重垂危。

4月20日，黄炎培来探病，在日记中记："偕艮仲视陶遗病，病不能言，留书以代。"

4月27日先生逝世，当天上海街头还贴满国民党当局为先生"竞选"参议员的标语。

先生逝世后，黄炎培等人为先生治丧。4月29日。在世界殡仪馆举行大殓，黄炎培、王子崧、竹垚生为治丧经纪。先生终生贫寒，无钱落葬，由友人严惠宇及其他友人捐款落葬。

张元济敬挽联：

> 安乐故人多　犹见扁舟范少伯，
> 凄凉寒食了　谁旌绵上介之推。

把先生比做范蠡和介之推。

7月7日，金山旅沪同乡会在蒲柏路庄严寺公祭先生，高吹万主祭，并奉先生私谥曰"贞毅先生"。

又：据《黄炎培日记》1946年8月10日记载："陶遗生前发起在苏州创立'宁远莲社'，以纪念辛亥革命时期苏州起义诸先贤，已购得盘门内东大街卅二号屋一所委托常州天宁寺僧管理……"

黄炎培与先生为一生至交，生死与共。先生过世后，黄炎培撰挽联：

> 此身入狱，此心出家，欲以匹夫当之，卅年奔走空皮骨
> 大劫重重，静观了了，报道先生去也，万古云霄一羽毛

先生逝世第二年，合众图书馆馆长顾廷龙搜访他的手迹，得十七帧，影印为《陈陶遗先生墨迹》，首冠陈叔通所撰的《陈陶遗先生家传》。

后　　记

祖父驾鹤仙去已经68年了。岁月流逝，世事沧桑，祖父的同辈人也都早已过世，就连祖父的下一辈也基本不在人世，而我们这第三代竟然也在不知不觉中跨入老年。每念及此，我们都希望能在有生之年，看到祖父的生平事迹和高风亮节能形成文字传承后人，使之发扬光大、传之久远。这本诗文集，是祖父一生所做的文字，包括祖父从青年一直到老年的所有能收集到的诗词、文章、信函等，这些文字从多方面展现了祖父一生的业绩，反映了祖父的"贞毅品格"，值得后人缅怀学习。

一、皎然之品格，铮铮之风骨

祖父生活在一个动荡的时代，从青年到晚年，崎岖兵间，辗转沟壑。历经清代末世、民主革命、军阀混战、抗日战争，可谓是饱经忧患。但他动与世违，至老都未失一颗赤子之心，从不阿谀取容、依违随人，更不久居名位，沽名钓誉，一生淡泊自甘，却又嫉恶如仇。1908年，他因预谋刺杀端方而被捕，后经南通张謇等营救，于1909年获释。获释前，因爱其才，端方盛情邀其为幕僚，他不为所动，作诗明志："死别未成终有死,生还而后始无生",表达了自己置生死于度外之坚定信念。1911年辛亥革命之际,为江苏和平光复,他放弃一己之利。刘垣(厚生)《杨君翼之家传》末论及辛亥江苏独立,对陈陶遗赞赏有加,非亲历者不能道也。文云:"尤其苏州独立时,拥程德全为都督一事,完全出于陈陶遗之主张,陶遗原为同盟会江苏省之首领,以成例言,江苏都督应属于陶遗,而陶遗以全省人民利害为前提,毅然放弃一己之地位,并排除同盟会一般党员之非议,自始至终,拥护德全,减少苏省人民不必要之苦痛。"1914年,他曾在河海工程学校毕业礼上发表演说:"我有一最好朋友,素来主张劳工神圣,乃尝见其以皮鞭鞭车夫。……如人无诚信作事,在社会上,难于得人信仰。"这番言论即便放在今天亦不过时,是他对国人素养的期望,他所盼望看到的是一个诚信、自尊、相互友爱的民族。抗战期间,汪精卫、赵正平、岗村宁次分别亲自上门胁迫他"维持"局面,他均予坚决拒绝,曾对赵正平等呵斥:"做人时短,做鬼时长!"情愿鬻字为生,清贫自守。抗战胜利后,蒋介石亲自发电邀他出任上海市参议会议长,他回电"古井不波",于晚年贫寒之中更见其风骨。他去世时,"贫无以敛,来吊者相向痛哭"(郑逸梅《南社丛谈》)。去世后,先生家乡金山松隐自发为先生举行公祭:"自先生卒后之二月,乡之人士群集于沪,议所以易其名字者,佥曰:以党国之熏灼,滔滔者皆以致富,而先生独贫,不亦贞乎?力行而无畏,有功而不居,不亦毅乎?遂易名曰'贞毅先生'。"

(高燮撰《陈陶遗先生私谥议》)

祖父醉心革命，却并不热中于官场。他的勋绩、名望乃至道德文章，无不为时人所赞叹。中国近现代学者、实业家陈叔通评介祖父："接人泾渭分于中，不立崖岸，通有无，赴人缓急无德色，以是乐就之，四方客辐凑，坐常满，群望归焉"。古人云："不知其人，视其友。"祖父交接的多为有真性情的直谅之友。从早年的陈去病、柳亚子、苏曼殊，到后来的黄炎培、史量才、梅兰芳、顾廷龙，无不如此，亦可见其祈向所在。与他有交往的师友对其评价亦甚高，陈叔通在《陈陶遗家传》中说他："师事余杭章炳麟，炳麟少许可，独于君无间言。为改字陶遗，后遂以字行。"著名学者、政治活动家章士钊则评价他："陈君陶遗，血性淋漓、志行纯洁之君子人也。"祖父以一介文弱书生，而为血性男子，时时透出一股英气，以皎皎之品格、铮铮之风骨，令人折服，这也是其名望在当时社会如此之高的原因之一。

二、舍一己之利，保江苏平安

1924年，祖父组织发起保苏社团"全社"，在《江苏》第一期上发表《"全社"成立之经过及其主旨》一文，阐述了他的保苏思想："陶遗因念诸君子察然自保于贿选风潮之下，其精神固甚伟，移此精神以爱桑梓，直接求利我苏，间接即所以求利于国，夫岂自私其乡者哉？""乃益谋研究所以缮完省政之道，于是有扩为省之政团之议，冀本诸君子之所以自保其人格者以保全我苏，故名其社曰'全'。"爱国先爱乡，何况祖父曾担任同盟会江苏分会会长、国民党江苏支部部长等职。早在1911年,他就曾与赵凤昌、虞洽卿、张謇、黄炎培等筹谋,为使江苏百姓免受战乱之苦,动员驻江苏的清军反正。如前所叙,在整个过程中,他放弃按成例本应由他担任的江苏都督的职位,并力排同盟会内部不同意见,最终使江苏人民免受战乱之苦,得以和平光复,这样的胸襟自古也不多见。

1925年11月,孙传芳提出"苏人治苏",为保乡邦安定,虽非情愿,祖父还是同意了出任江苏省长一职,与丁文江等组成"三人团",希望能为江苏百姓做些实事。是时,江苏省在政治上各党纷争,在军事上军阀割据,在经济上财源枯竭债款颇巨,在这样的情况下,祖父上任后即以"文治派作风"致力刷新吏治、整理财务,为江苏农业、教育、经济的发展都作出了相当的贡献。在本书所收录的"公文"中有"整顿亩捐"、"文官甄拔"、"储粮备荒"、"征求烟草税以补教育经费"、"扣除公家委购折扣"等公文,均可以看出其于政务之用心,这些政策都是建立在公正廉明、于民有利之基础上。这些举措也的确卓有成效,为江苏地方带来了一时的安定和富足。一年中偿还累积省债九百多万元,建立了规范的政府用人制度,废除了若干苛捐杂税,增加了基础教育经费,成立了中国第一个乡村幼稚园,规划了大上海城市计划,建立了完善的备荒政策等等。当时有人曾赞扬他为"民国以来枪刺支持下之省长所未曾有"。而江苏也因有了祖父与孙传芳、丁文江的完全合作,经济繁荣、政治清明,一时气象颇新。有人评价这一段历史："如不是后来发生北伐战争,让他们从容治理,则政治修明,商民乐业,熙皋之象,则早就在东南半壁江山出现了。"从这些来看,祖父所做的这一年父母官应是无愧于江苏黎民百姓的。

三、远见卓识,见解独到

祖父平生存世之文不多,且所存亦篇幅精短。但文短识不短,观其文有理有据,条贯部分,所得出之结论见解独到、令人折服。

如他在复章士钊函《害马》中有言:"抑窃有进者,大庠学府,文化所系,维持勿堕,人同此心。顾深惟近来教育界致乱之由,似首当摒除标教育家之名而行政客之实者,勿使得所藉手。若乎本为政客而绝不知教育原理者,其当投逐,尤无论焉。害马既除,良苗云定,此一定之理也。东大重组之始,宜择纯粹之学者,专门名家,毕身以讲学阐理为事者,则外界任何诱惑,百变而不离其宗,素衣不缁,素丝莫染,而教育救国之道,庶有望矣!"此观点以"害马"比喻那些不懂教育却指手划脚者,指出务必清除"害马",并请有志于教育救国之道的"纯粹之学者"执掌教育,则教育有望。这样的言语,在1925年不谛是一句有力诤言,正切中当时教育要害。

又如他对于警察职责的看法。1932年,他在江苏保卫团的讲话中这样说:"此次办理保卫团的宗旨,是扶助地方自治,是积极的工作。其任务为扶助军队与警察,军队本以保卫疆土为天职,而我国以前的军队,每每勇于私斗,怯于公战；警察是保护民众，领导民众的，而我国警察，偏重于消极方面，殊无领导保卫的本能。例如有人在马路上小便，警察看见了，只知拘所，处以罚金，而不能指导他到相当地点不致违警，此不足为警。""诸位此次出去做所谓'保护身家'的工作，此'身家'二字，普通每每误解为专指有资产者而言，其实一个人凡有生命，即有身家，既有身家，即应自卫。如人类的有手足指甲等，亦为人类天然武器的一种。陶遗之意，以为诸位此次出去因民众知识现尚幼稚，所以请诸位去做民众的保姆，使民众都有相当的知识和训练，从此江苏三千二百万民众，一切的希望和幸福，都由诸位两肩负了起来。"将警察比为民众之保姆，不正与当下将公务员比为人民公仆之意正契合，而如此之见解，在三十年代当属特立。且对警察的工作方法提出的批评，就是放在当代也不为过。

再如，他对治水的看法，在《徐君德称调查欧美日本水利商港垦务报告书序》一文中，指出："治水亦不可尽法诸国。诸国地小，在狭束而深溶；我国地大，宜无取其狭而深者。政务孔殷，不遑琐琐论列。循览是书，略言古今中外治水之大概，以书其端。徐君通达好问学，其尚以余言为然乎？"则表达了他"因地制宜"之治理思想。

四、诗韵悠长，文章千古

祖父于一生奔波，能安心读书的机会不多。纵观其一生，唯有少年时代、1906年秋至1908年春赴日期间，以及1908至1909年入狱三个时期，能安心学业。

少年之时，祖父曾跟随其伯父陈砚田及华亭名士顾泰云（字钟泰）先生读书，顾泰云先生是当地有名的诗人，慕名者甚众。而先生从其作文"常以腹稿誊写而不需任何修改，令同学者惊异羡慕"。由此打下诗词文章基础。1907至1908年，祖父被同盟会派往日本工作，期间他有机会师事章太炎，"炳麟少许可，独于君无间言，为改字陶遗，取义陶唐氏遗民，后遂以字行。"（陈叔通《陈君陶遗家传》）。章太炎乃一代国学大师，祖父一生对章师敬重有加。1926年任省长期间与孙传芳请章太炎先生主持"江苏省修订礼制会"，1935年章太炎先生创办"以研究固有文化、造就国学人才为宗旨"的章氏国学讲习会，祖父也是赞助人之一，1936年章太炎先生逝世，祖父与黄炎培等人发唁电致哀。祖父还与章师合作为孙传芳、史量才撰写碑文，两墓均由章太炎撰文，陈陶遗书丹。章太炎先生精通古文字，其文字学精髓在于"以形说义，依声求义"。在东京国学讲习会讲授内容包括诸子百家、音韵训诂和古代史等，而以段玉裁《说文解字注》为主。章太炎先生作文喜用《说文》中之古籀文，并成为他的一种习惯。而祖父文中也多用古异字，且祖父所作的几篇骈文中用典多而广，想必这些均是受章师之影响。而太炎先生那种"抵抗简化和趋同、守持差异和复杂的认知评判系统"，对祖父后来不趋从、善反思及立足自身而多置疑的思想方法也有很大影响。祖父于纷杂的世事中明辨是非、于具体事实中独立思索，从他1926年辞去省长一事即可窥见。这个阶段祖父还与章门得意弟子黄侃、汪东建立了友谊,黄、汪二人赠祖父的诗、画,已收入本集。祖父的第三个学习阶段是在狱中,1908年,祖父因谋刺端方入狱,在狱中困寂之余,唯以读书自遣。由于张謇等人的营救,祖父受到优待,应该在狱中是能读书的,据祖父长子陈端白回忆,祖父在狱中所治是王明阳学说(陈端白《我的父亲》,发表于《伉俪月刊》第一年第三期)。祖父为什么会治王学已无从考证,但其师章太炎先生与康梁于王明阳学说的论争却在当时影响甚大,而章师所提倡之"不趋从、善反思",这时是否令祖父提起了研究王学的兴趣,也不得而知。

祖父善诗文,但留传下来的极少。数量虽少,品种类却齐全,诗、词、文、联、演讲、公文无所不有。祖父诗作工整隽永、笔力刚健,锋芒隐蔽却蕴涵深意。于内容上,气韵沉郁、气节思深;于艺术上,工于比兴、善于隶典。正如前人所言"诗如其人",祖父诗于细细品味之下可令人窥见诗人深远之志向。如《苦旱》一首,"独自来登听雨楼,阵云卷鸟尽垂头。桑林自责空怀古,满目疮痍系我愁。"此诗作于1910年上半年,收录在《南社丛刻》第二辑。是时,中华大地内忧外患一派凄凉,诗的上联即展示了一位青年独自登楼触目神州大地天昏地暗,下联则抒发青年心中浓浓的自责与哀伤。全诗成功渲染出一种孤独、凄凉的意境,听雨、垂头、空怀古等令人仿佛能看到、感觉到青年所见所感的那种凄凉和忧伤。尤为可贵的是全诗似一气呵成,气势畅达,首尾贯通,由登楼听雨到所见满目疮痍,从而令诗人面对"桑林"深感"空怀"抱负，自责和忧愁占据了诗人心头。全诗读来自然流畅，令读者感受到一个清末热血知识青年的无限忧思。除此外，祖父文亦多样，序跋、演说语、骈赋皆能作。他既能作讲究押韵和典故运用的骈文，如《河海工科大学湖北专班毕业颂词》，又能作极尽铺陈夸张之传统哀文，如《祭好友孟君昭常哀文》。此两种文字非有相当腹笥，无力为之。而难能可贵的是，文中见解独到，例如《徐君德称调查欧美日本水利商港垦务报告书序》一文，文末就提出自己于水利之见解，他所考虑的主要还是因地制宜。这样的直抒己见、坦率直言，不仅可供作者参考，同时以引发读者的思考，此亦祖父文章价值所在。

祖父的一生是无愧于他那个时代的，一生思考，表里如一，为家国做了他能做的所有。此集也仅展现他一生杰出作为之部分，但这已足够我们毕生惆怀。

最后，我们要特别感谢上海图书馆，为纪念合众四贤之卓越贡献，特地蒐集四老文字专辑出版，以宏扬当年之合众精神。祖父于合众之贡献虽远不及其他三贤，但也无愧于"竭心尽力"这四个字。而上海图书馆以全国一级图书馆，能取传统之精髓而兴今日之大业，实为对合众精神之最好传承，吾等敬之而感之，亦所深望之。

陈陶遗孙辈　沈沉（姚慈受）　陈江（陈禹率）　陈远宁
二〇一四年八月于沪上

编 后 记

今年是上海图书馆老馆长顾廷龙先生诞辰110周年。记得最后一次见到顾老是在19世纪末上图新馆开馆之际,也许因为和曾祖父是忘年交,顾老对我很亲切,为我题字"敏而好学,乐以忘忧",这是他老人家对我的殷殷期望,一直铭记在心。如今顾老离去已有16年之久,思之潸然泪下。而今日编曾祖父诗文集,于茫茫文海中寻觅相关线索,发现顾老于曾祖父之情谊极深,此次所收诗文竟有许多来自顾老在曾祖去世后所编相关史料,更觉顾老不仅是学问大家,其人其品亦如兰似菊,令人崇敬!

曾祖父一生留存文字资料不多,且散落于上海、南京、台湾等各大图书馆、档案馆和研究所。这两年来求索于各种书刊报纸之中,收集之难超乎想像,每有收获则欣喜不已,感觉似又走近曾祖父一步。求索之路虽艰辛,却时时感动着,一路上得到许多师长、朋友的热心相助,因此,一直怀着一颗感恩之心,期望能拿出最好的成果,向师长、朋友汇报并致以感谢。

首先要感谢的是一直来支持和鼓励我的上图周德明馆

长和黄显功主任，如果没有他们的支持和鼓励，我想我是不会有勇气和信心走到今天的。尤其周馆长不仅是第一个支持我的人，还自始至终关心着本书的编辑，并于百忙中赐我序文。黄主任则是这次出版合众四老文集的总策划，多次关心我的编辑工作并提供线索。所有这些都让我感动不已，从他们身上仿佛看到了顾老等老一辈图书馆人的影子，合众精神的传承。其次要感谢的是海上寓公文史、书法家周退密先生，以百岁高龄为本书挥毫题签。而在整个编辑过程中最让我感动且给我帮助最大，让我学到最多的则是我最敬重的杨天石先生。杨先生是大家，但他不但为我写序、帮我修改文中数百处错误，还让我领悟了"严谨"二字，这将成为我一生的财富！对于没有古文字基础及编书经验的我来说，是四方的帮助成就了本书，在这里尤其要感谢上海诗词学会常务副会长、被誉为"海上三陈"之一的大文人陈鹏举先生，我的老同事、近代史研究专家张伟先生，上海科学技术文献出版社副总编辑邹西礼老师，我的老同学老同事、碑帖学专家仲威先生，中国南社研究中心研究员沈愈先生，对我帮助极大，他们给我的帮助来自他们的真诚鼓励、悉心指导和严格把关，使我避免了很多错误、少走了很多弯路。此外，在我查阅资料、编辑审阅文稿的过程中还得到过其他很多老师、朋友的帮助，在此我也向他们致以衷心地感谢：《辛亥革命与金山》作者戚涵钧先生，浦东史志办副主任柴志光先生，国家图书馆外文采编部主任顾犇先生及他的同事们、海上隐士周梦佳先生、海上藏家黄勇先生、老朋友也是老同事黄宏先生、中国书法家协会会员、苏州市书法家协会学术委员邵宁先生、长春南社研究学者郭建鹏先生、南社姜可生后裔姜六驭先生、南社朱梁任后裔周伟红博士、上海南社纪念馆姚昆渝先生、中华南社学坛、上海南社纪念馆丁君彦先生、台湾名门之后孙肇南女士、台湾东海大学林香伶教授及她的学生陈木青先生、陈建男先生、南社胡朴庵后裔汪欣先生、复旦大学林振岳先生、本书的责任编辑于学松小姐、我的同事刘明辉小姐、张莹小姐、刘萍小姐、董兵先生、祝淳祥先生、章骞先生、许涛先生、松江博物馆昱馆长、布衣书局掌门胡同先生、黄炎培故居徐汇言先生，在此请接受我最诚挚的敬意！

如前所叙，本书中所收诗文来自不同地方的收藏及各类出版物，除上海图书馆的馆藏外，还包括中国第二档案馆、国家图书馆、北京大学图书馆、台湾中国国民党文化传播委员会党史馆、台北中研院史语所傅斯年图书馆。而所参阅的文献资料则不下百种，主要有《陈陶遗先生墨迹集》《陈陶遗先生哀挽录》《陈陶遗先生分年事略》《顾廷龙年谱》《张元济年谱》《黄炎培日记》《丁文江年谱》《孙传芳幕府与幕僚》《章太炎传》《章太炎与近代学人》《章士钊全集》《赵凤昌藏札》《张謇全集》《韩国钧朋僚函札》《申报》《南社丛刻》《江苏省公报》《蔡柳二先先寿辰纪念集》《沤风诗文初集》《南社诗选》《益世报》《制言》《宇宙风》《甲寅周刊》《南洋旬刊》《陈去病诗文集》《高旭集》《磨剑室文录》《姚光集》《苏曼殊评传》《姚鹓雏文集》《翁文灏诗集》《陈布雷回忆录》《蛰存斋笔记》《苌楚斋随笔》《史地杂志》《上海掌故丛书》《百梅书屋诗存》等。

2011年夏,堂叔陈远宁自青岛来沪,交给我一本《贞毅先生陈陶遗》,由堂叔自编自印,是时堂叔曾提出希望,想在有生之年出版一本关于祖上陈陶遗的正式出版物。是重托也是信任,现在总算是不负"重望"了。

最后,由于本人才浅识薄、水平有限,书中不免多有谬误,还请各方专家、学者及广大读者赐教为幸。